Hikikomori
zettai justice
굿바이 선언
[지음]미즈키 미도리
[원작·감수]Chinozo
[일러스트]아루세치카

"사실 나,
할리우드 배우가
되는 게 꿈이야!"
'갑자기 나온 예상 밖의 말에
나는 순간 말문이 막혔다…….'
키리타니
카케루

나나세 레나

아쿠츠 아츠시

'신학기가 시작되고 일주일만에 처음 등교한 나는
저렇게 있을 수는 없겠지…….'
아야세 사키

3월 초순, 공항에서—

CONTENTS

굿바이 선언

[저자] 미즈키 미도리
[원작 · 감수] Chinozo
[일러스트] 아루세치카
[옮긴이] 김덕진

시 작 하 며

이 작품을 읽어주셔서 감사합니다. 보컬로이드P인 Chinozo라고 합니다.

「굿바이 선언」이라는 제 곡을, 작가이신 미즈키 님께서 소설로 만들어주셨습니다.

이 곡이 소설이 될 거라고는 전혀 상상도 하지 못했었는데, 제가 곡에 담은 마음을 바탕으로 소설을 만들어주셨습니다.

일러스트도 원곡 MV의 일러스트레이터셨던 아루세치카 씨가 그려주셨습니다.

감개무량할 따름입니다……!

이 작품은 어디까지나 굿바이 선언이 소설의 세계였다면 이렇게 됐을 것이라고 예상해 만든 이야기이니 곡의 세계관과는 달라도 하나의 새로운 작품으로서 즐겨주셨으면 좋겠습니다!!

[원작 · 감수] Chinozo

그럼 이 곡을 원래부터 좋아해 주신 분, 혹은 책을 통해 처음 알게 되신 분, 모든 분께 인사드리겠습니다. 감사합니다! 그럼, 소설 「굿바이 선언」을 즐겨주세요!

[본문 일러스트]
아루세치카

ㅇ프롤로그

장래의 꿈은?

그런 질문을 받았을 때 곧바로 대답할 수 있는 사람이 얼마나 될까.

만약 대답하는 사람이 유치원생이나 초등학생이라면 바로 답했을지도 모른다.

그 이유는 그들은 희망을 가득 품고 있기 때문이다.

누군가가 아이는 무엇이든 될 수 있다고 말했는데, 정말로 그런 것 같다.

나도 어렸을 때는 「축구 선수가 되고 싶다」고 자주 말했었다.

리프팅을 한 번도 할 수 없었으면서.

하지만 나이가 들어가면서 점점 깨닫게 된다.

대부분의 사람은 꿈을 이룰 수 없다는 사실을.

실제로 고등학생인 내가 지금부터 아무리 애써도 절대로 축구 선수가 될 수 없을 것이다.

그리고 서서히 깨닫게 된다.

아마도 나는 이대로 별일 없이 대학에 진학하고, 평범한 회사원이 되어 좋아하는 사람이 생기고, 운이 좋으면 사귀다 결혼해서 아이를 가지는…… 그런 평범한 인생을 보내지 않을까, 하고.

먼저 말해두겠지만 평범한 인생을 싫어하는 것은 아니다.

오히려 평범한 인생을 보낼 수 있다면 충분히 행복하다고 생각했고, 그런 인생을 살게 될 것이라고 생각했다.

그러나 고등학교 마지막 봄.

하는 행동마다 엉망진창이라 도저히 평범하다고 말할 수 없는 그녀를 만나 내 인생은 크게 변하고 말았다.

제1장 만남

4월 중순, 벚꽃이 질 무렵.

신학기가 시작한 지 오늘로 일주일이 된다.[#1]

입학한지 얼마 지나지 않은 1학년들은 조금씩 고등학교 생활에 익숙해지고, 진학해서 반이 달라진 2, 3학년 학생들도 반에서 자리를 잡거나 새로운 모임에 들어갔을 것이다.

한편, 나 키리타니 카케루는 올해로 고등학교 3학년.

고등학교의 마지막 해인만큼 여러모로 바빠야 할 텐데…… 실은 신학기가 시작하고서 한 번도 학교에 가지 않았다.

그럼 학교에 가지 않고 무엇을 했는가 하면…….

"좋아, 앞으로 1킬만 더하면 그토록 바라던 20킬이라고."

시간은 아침 7시 넘어서. 나는 지금 일본에서 큰 인기를 끌고 있는 슈팅 배틀 로열 게임을 하고 있었다.

봄방학 무렵에 시작한 게임으로, 최근 일주일 동안은 방에 틀어박혀 이 게임만 플레이했다. 그래서 학교에 가지 않았다.

"오빠! 어제도 밤늦게까지 게임했…… 아직도 해?!"

갑자기 문을 열고 들어온 내 여동생, 키리타니 모모카.

올해로 중학교 2학년이 된 모모카는 극히 평균적인 나와

#1 신학기가 시작한 지 오늘로 일주일이 된다. 일본의 1학기는 4월에 시작된다.

는 전혀 다르게 귀엽게 생겨서 학교에서 인기가 많은 듯하다. 오빠를 닮지 않아 다행이구나.

"좋은 아침, 모모카. 지금 오빠가 좀 바쁘니까 나중에 얘기할까?"

"어딜 봐서 바쁘다는 거야? 게임하는 거잖아."

"게임도 바쁠 때가 있다고. 게임을 안 하는 모모카는 모르겠지만 말이야."

나는 지금 상당히 중요한 국면에 놓여있었다.

이 배틀 로열 게임을 시작하고서 약 한 달.

목표였던 20킬이 코앞으로 다가왔다.

그러니 모모카에겐 미안하지만 지금은 동생의 이야기를 들을 때가…….

"에잇."

전자음과 함께 화면이 새까매졌다.

……어라? 무슨 일이 일어난 거지?

"정말. 어제 그렇게 늦게까지 했으면서 아침에도 게임을 하다니, 바보 아니야?"

그렇게 말하는 모모카의 손에는 게임기의 전원 코드가 들려 있었다.

"모모카?! 오빠 게임하느라 바쁘다고 했지?!"

"이제 안 바쁘지?"

"아니, 그건 그런데……."

아, 내 20킬이…….

"그보다 오빠, 오늘은 학교 나가."

"안심하렴, 동생아. 오빠는 아직 학교에 가지 않아도 괜찮단다."

당당하게 답하자 모모카가 노려보았다.

"……설마 올해도 정학당하지 않을 정도로만 출석할 생각이야?"

"물론 그럴 생각이지."

고등학교에 입학한 이후, 나는 매년 유급당하지 않을 정도로만 학교를 나갔다. 이유는 여러 가지 있지만 간결하게 설명하자면 학교에 가는 게 성가시기 때문에.

학교에 가는 것이 좋다는 일반론이 있지만, 나는 전혀 그렇게 생각하지 않는다.

애초에 학교에서 수업을 받아도 장래에 도움이 될만한 일은 거의 없으니까. 미적분이나 고전 문학을 배우고 사회에 나가서 그걸 쓸 일이 있을까?

학자가 되지 않는 한 대부분의 사람이 그 지식을 쓸 일은 없을 것이다.

다시 말해 학교에서 보내는 시간의 90퍼센트는 낭비라는 뜻이다.

뭐, 특별 활동 시간이 즐거워서 학교에 간다면 이해한다.

하지만 나는 안타깝게도 부활동을 하지 않았고 친구도

거의 없으니 교류를 위해 학교에 갈 일도 없다.

그런 내가 과연 학교에 갈 이유가 있을까? 오히려 학교에 가지 않는 것이 정답이라고 할 수 있을 것이다.

그러니 나는 필요한 최소정도로만 학교에 나갈 것이며, 등교하지 않는 날은 지금처럼 게임을 하거나 만화를 읽으며 느긋하게 보낸다.

"오빠. 올해가 마지막 고교생활이잖아. 마지막 정도는 제대로 학교에 나가."

"무슨 말이야. 마지막이니 올해도 유급당하지 않도록 애쓰고 있잖아. 초지일관이라는 말, 알아?"

그렇게 말하자 모모카는 황당하다는 듯이 한숨을 쉬었다.

"……하아. 왜 우리 오빠는 이렇게 꼴사나운 걸까."

"얼굴은 아빠를 닮았으니 아빠한테 말해."

"누가 얼굴 이야기를 했다고 그래? 확실히 얼굴도 꼴사납지만……."

"오빠한테 가차 없네."

아빠, 우리 둘 다 꼴사납다는데?

"어쨌든 오늘은 학교에 가는 게 좋을 거야."

"그러니까 아직 안 가도 괜찮다니까."

"그러지 않으면 엄마가 게임하고 만화를 전부 버린다고 했거든."

"……진짜?"

조심스럽게 묻자 모모카가 끄덕였다.

"전부 버려도 상관없다면 학교에 안 가도 돼. 난 분명히 말했다?"

모모카는 그 말과 함께 내 방에서 나갔다.

나는 방을 둘러보았다. 수십 개의 게임 소프트와 열몇 권의 만화들.

만약 오늘 학교에 가지 않으면 이게 전부 버려지는 건가…….

"……그럼 준비나 할까."

그렇게 약 한 달 만에 교복을 입었다.

신학기가 시작되고 일주일이 지난 오늘.

나는 신학기 처음으로 등교하기로 했다.

◇◇◇

"진짜로 게임하고 만화를 전부 버릴 생각이었나 보네."

그 이후 등교 준비를 마치고 거실에 나가니 평소 회사 일로 바쁜 어머니가 오늘은 휴가인지 쓰레기봉투를 다량으로 준비한 것을 확인할 수 있었다.

어차피 내가 학교에 가지 않으리라 생각해 미리 준비해 둔 모양이다.

어머니, 아들을 더 믿어주세요…….

"벚꽃은 이미 졌구나."

내가 다니는 세이란 고등학교의 교문까지 이어지는 길에는 벚나무가 줄지어 있다.

그러나 이미 벚꽃은 전부 진 상태. 개학식 때 제대로 등교했더라면 활짝 핀 벚꽃을 봤었을지도 모른다.

……하지만 개인적으로는 그런 이유로 학교에 갈 생각은 없으니 조금도 후회하지 않는다. 벚꽃을 보는 것보다 집에서 게임을 하거나 만화를 읽는 게 즐거우니까.

"오! 카케루잖아!"

뒤에서 누군가가 어깨를 두드렸다.

돌아보니 거기에는 산뜻한 미남이 서 있었다.

마치 순정만화에 나올 법한 분위기를 뿜내며.

"뭐야, 슈이치냐."

"뭐냐, 그 반응은?"

재미없다는 듯이 바라보는 나와 껄껄 웃는 미남.

이름은 아마히사 슈이치.

나와 같은 3학년이자 같은 중학교 출신.

그리고 친구가 거의 없는 내 유일한 친구다.

"올해 첫 등교네. 작년엔 2학년이 되고 2주 동안 학교에 안 왔었는데, 올해는 꽤 빠르잖아."

"……그렇지. 오늘 학교에 가지 않으면 엄마가 게임과 만화를 전부 버린다고 했거든."

"정말?! 그거 엄청 웃기네!"
"……하나도 안 웃겨."
냉정하게 대답해도 슈이치는 웃었다. 놀리는 거냐?
"어쨌든 네가 학교에 와서 기뻐."
"입에 침이나 바르고 거짓말해라."
"아니, 진짜로 기쁘다니까."
슈이치는 생글거리며 어깨동무했다.
"치워라, 덥잖아."
"뭐야, 부끄러워하긴."
"그런 적 없다고."
어깨에서 슈이치의 팔을 치운 나는 앞으로 걸어 나갔다.
그러자 바로 슈이치도 옆으로 다가와서는.
"안타깝게도 올해는 너하고 같은 반이 아니야."
중얼거리듯 그렇게 속삭였다.
"……그래."
"그렇게 쓸쓸해하지 마."
"뭐? 내가 언제 그랬는데?"
그렇게 말했는데도 슈이치는 히죽거렸다. 왠지 짜증 나네.
"대신이라고 하긴 그렇지만, 너와 같은 반에 걔가 있어."
"걔? 누구?"
"궁금해?"
"아니, 딱히 흥미 없어."

"그래, 그래. 그렇게 궁금하면 이 슈이치 님께서 특별히 알려주마."

"너 귀먹었냐?"

황당하다는 듯이 대답했지만 그는 전혀 상관하지 않고 말을 이었다.

역시 그는 귀먹은 모양이다.

"너와 같은 반에 있는 그 아이는 말이지……."

슈이치는 일부러 뜸을 들어가며 이렇게 말했다.

"나나세 레나야."

그 이름을 들은 순간, 분명 나는 불쾌한 표정을 지었을 것이다.

그 이유는 나나세 레나가 학교 제일의 문제아로 유명하기 때문이다. 학교에 잘 등교하지 않는 나조차 알 정도로.

같은 반이 된 적이 없었으니 어떻게 생겼는지도 잘 모르고, 직접 이야기해본 적도 없으니 어떤 사람인지도 잘 모른다.

……하지만 빈번히 들리는 그녀의 소문은 상당했다.

1학년 때, 레나 페스티벌이라는 알 수 없는 게릴라 이벤트를 무허가로 시작했다든가 운동회가 끝난 밤에 운동장에서 교내 학생을 모아 멋대로 캠프파이어를 했다든가, 그

외에도 이런저런 이야기가 있다.

"잘됐네, 카케루. 학교에서 제일 유명한 인물과 같은 반이 돼서."

"어딜 봐서 잘 됐다는 거야?"

"모를 일이지. 어쩌면 학교에 오는 게 즐거워져서 매일 등교하고 싶을지도?"

"그런 일은 절대로 없을 거다."

오히려 그런 문제아가 같은 반이라면 지금 이상으로 학교에 가기 싫어질지도 모른다.

"중학교 때부터 친구였던 나로서는 이제는 좀 학교에 제대로 왔으면 좋겠는데."

"결국 또 그 얘기냐. 싫다고 했잖아."

고민이라는 듯이 말한 슈이치에게 나는 단호히 말했다.

애초에 1학년 때도 2학년 때도 등교를 최소화했었는데, 이제 와서 착실하게 학교에 다니겠냐고.

"카케루, 중학교 때는 평범하게 학교 다녔잖아? 왜 고등학생이 되자마자 그렇게 된 거야?"

갑자기 슈이치가 물었다.

"전에도 말했잖아. 학교에 가는 게 귀찮아졌어."

"항상 그렇게 대답하는데, 누가 봐도 거짓말이잖아."

"야, 슈이치. 학교에 가지 않아도 검정고시를 통과하면 고졸이 될 수 있고 수능도 볼 수 있어. 고졸이어도 취직할 수 있는 곳도 꽤 되고…… 어른들이야 학교에 가지 않으면 인생이 끝나는 것처럼 말하지만, 전혀 그렇지 않다고."

"그건 그럴지도 모르지만……."

내가 길게 설명하자 슈이치는 쓴웃음을 지었다.

이래저래 말했지만 나도 학교에 제대로 가는 편이 좋다는 것 정도야 안다. 어떤 심리학자가 한 말인데, 학교에 가지 않으면 커뮤니케이션 능력이 몸에 배지 않아 문제가 생긴다고 한다.

뭐 그렇대도 나는 매일 학교에 다니지 않을 것이다.

여러 가지로 피곤하잖아. 아는 사람은 알겠지.

"카케루, 네가 걱정돼서 그래."

"마음은 고맙지만 괜찮아. 그보다, 계속 이런 시시한 얘기나 하다간 지각하겠다."

"……그래. 알았어."

포기한 듯이 중얼거린 슈이치.

그 이후, 그는 갑자기 신입생 여자아이에게 고백받은 이야기나 개학식 때 교장 선생님의 가발이 벗겨질 뻔했던 이야기 등 다른 이야기를 시작했다.

그렇게 이쪽 분위기를 봐서 적당히 거리를 벌려주는 것은 상당히 고맙다.

솔직히 말해 내게는 아까운 친구다.

본인에게 말하면 괜히 우쭐댈 것 같으니 그런 말은 절대로 하지 않겠지만.

그 이후로 우리는 별것 아닌 대화를 나누며 이제는 져버린 벚꽃길을 걸었다.

◇◇◇

1층의 신발장에서 실내화로 갈아신은 나는 혼자서 교실로 갔다.

참고로 슈이치는 교문 앞에서 우연히 1학년 때부터 사귄 여자친구와 만나 둘이 먼저 자신들의 반으로 갔다. 슈이치와 그녀는 같은 반이라고 한다.

슈이치는 반이 달라도 중간까지 같이 가자는 말을 했지만 당연히 거절했다.

내가 있으면 방해될 게 뻔하니까.

"나나세가 왔다!"

갑자기 남학생의 그런 목소리가 들렸다.

방금 들었던 이름이 귀에 들어왔다.

신경 쓰여 돌아보니 거기엔 교복 블라우스 위에 하얀 파카를 입은 여자가 있었다. 하얀 피부에 갈색으로 염색한 머리카락이 어깨 부근까지 내려와 있었다.

예쁜 얼굴이지만 귀여움도 겸비해 솔직히 말해 상당한 미소녀였다.

"레나, 좋은 아침~!"

"어제도 교무실로 불려갔다면서?!"

"역시 나나세라니까!"

"레나, 오늘도 예쁘다~!"

"오늘도 뭔가 좀 저질러봐!"

복도에서 지나치는 학생들이 계속해서 말을 거는 흰 파카 미소녀.

"다들 안녕! 오늘도 난 열심히 학교생활을 즐길 테니까 잘 부탁해~!"

그녀는 밝게 웃으며 모든 학생에게 손을 흔들었다.

흰 파카 미소녀는 무릇 미소녀에게 있을 법한 다가가기 어려운 분위기가 전혀 없었고 오히려 친근한 느낌이었다.

그렇군……. 저 흰 파카 미소녀가 나나세 레나인가.

지금 처음 그녀를 확실히 본 것 같다. 설마 저런 미소녀였을 줄이야…….

그런데 그녀가 블라우스 위에 입은 파카는 완전히 교칙 위반.

하지만 전교생 중에서 오직 그녀만 외투 착용이 묵인되고 있다.

……당연하지만 나나세가 파카를 입고 등교한 첫날은 선

생님의 주의를 받거나 압수당하기도 했지만, 매일 같은 파카를 입고 오자 선생님들도 다들 백기를 든 모양이었다.

굉장한 집념이지. 그렇게 흰 파카를 고집하는 이유라도 있는 건가?

거기에 나나세 레나에게는 열광적인 팬이 있다.

방금 그녀에게 말을 건 녀석들 말이다.

나나세는 1학년 때부터 수많은 문제 행동을 일으켰다.

그러나 그것이 일부 학생의 호감을 사 열광적인 나나세 팬을 만들었다고 한다.

이건 아까 슈이치에게서 들은 말인데 이미 신입생 중에도 몇 명인가 팬이 있다고.

고작 일주일 동안 무슨 짓을 저지르면 그렇게 되는 건지…….

"나나세 녀석, 진짜 나대네."

"그러게."

"주변에서 우쭈쭈 해주니 자기가 무슨 아이돌인 줄 알아."

"문제만 일으키는 주제에."

반면 옆에서 남녀 네 명이 나나세의 악담을 퍼부었다.

열광적인 팬이 있다는 것은 반대로 말하자면 강렬한 안티가 있다는 것.

나나세는 좋게든 나쁘게든 눈에 띄는 학생이니까.

"고등학교 마지막 해에 하필이면 나나세와 같은 반이라

니…….”

한숨 섞인 혼잣말. 성가신 일이 벌어지지 않았으면 좋겠는데…….

그 이후 팬들과 대화를 나누는 나나세에게 등을 돌린 나는 먼저 교실로 갔다.

◇◇◇

교실에 도착해 문을 열자 반 아이들이 친구들끼리 모여 담소를 나누고 있었다.

이미 새로운 반이 되고 일주일이 지났으니 대부분의 아이는 자신에게 맞는 집단을 찾았을 것이다.

반면 일주일 늦게 처음으로 등교한 남자에게는 그런 곳이 있을 리가 없다.

나는 게시판에 붙은 좌석표에 자신의 자리를 확인한 뒤 눈에 띄지 않도록 이동했다. 이상하게 눈에 띄면 「얘, 지금까지 학교에 안 온 녀석 아니야?」 하는 분위기가 일어 엄청나게 서먹해지기 때문이다.

"……진짜냐."

순조롭게 이동하던 나는 자신의 자리 근처까지 가고서 현실에 절망했다.

모르는 남학생이 내 자리에 앉아 있었다.

거기에 그는 친구로 보이는 뒷자리 남학생과 즐겁게 수다를 떨고 있었다.

……이걸 어쩐다. 내 자리에 앉은 남학생에게 다가가「거기 내 자리인데」하고 한마디 하면 해결되겠지만, 그렇게 간단하게 해결되지 않는 것이 학교생활.

남학생은 스포티한 헤어스타일로 딱 봐도 운동부 쪽인 느낌이라 내가 비켜달라 해도 이상한 소리 하지 말라며 거절할지도 모른다. 그렇게 되면 상당히 성가시다.

……그렇다면 일단 복도로 나가든가 화장실에서 시간을 보내면서 남학생이 내 자리에서 일어날 때를 기다릴까?

"미안, 나 화장실 다녀올게."

내 자리에 있던 남학생이 그렇게 말하며 자리에서 일어났다. 이건 기회다. 이때 서둘러 앉아야 한다. 그렇게 생각해 남학생이 돌아오기 전에 바로 자신의 자리에 앉았다.

남학생의 친구는 조금 놀란 듯하지만 딱히 아무 말도 하지 않았다.

그리고 내 자리에 앉았던 남학생이 돌아와 눈을 깜박이며 나를 보았다.

그러나 그는 근처의 다른 빈자리에 앉아 친구와 다시 잡담을 나눴다.

아니, 그러니까 다른 사람 자리에 앉아 수다 떨지 말라고. 은근히 곤란하니까.

뭐, 생각은 그렇게 해도 말로 꺼내기는 쉽지 않지만.

하아……. 어째서 내 자리에 앉는 걸로 이렇게 신경을 써야 하는 거냐고.

그렇게 생각한 나는 주변을 둘러보았다.

같은 반에 어떤 학생이 있는지 확인하기 위해서였다.

"나는 무리야. 부활동 있으니까."

"왜? 노래방 정도는 괜찮잖아. 가끔은 쉬는 것도 중요하다고."

"대회가 얼마 안 남아서 쉴 수 없어."

"진짜 부르고 싶은 노래가 있는데."

"다른 애랑 다녀와."

교실 뒤. 남녀 다섯 명이 모여 있었는데, 그중에서도 확연하게 주도적인 분위기를 뿜고 있는 미남과 미소녀가 대화를 나누고 있었다.

나는 그 두 사람을 잘 알고 있었다. 작년에 그들과 같은 반이었기 때문이다.

미남의 이름은 아쿠츠 아츠시.

슈이치같이 산뜻한 느낌과는 다르게 살짝 남자다운 미남. 농구부에 소속되어 있으며 1학년 때부터 주전이었다가 지금은 주장까지 맡은 에이스라고 한다.

그래서 여자에게 고백받았다는 이야기가 자주 들린다. 행실은 그다지 좋지 않지만 여자가 볼 때는 그런 점도 좋다고. 전혀 이해할 수 없지만.

그리고 미소녀의 이름은 아야세 사키.

길고 검은 머리에 눈꼬리가 올라간 눈. 귀엽다기보다 미인이라 할 수 있는 용모에 늘씬한 몸매다.

그러나 아야세는 여자들의 리더 중에 흔한 여왕님 같은 분위기라고나 할까, 가시 돋친 분위기가 있어서 오늘 아침에 만난 누군가와는 정반대인 미소녀다.

뭐, 나는 두 사람을 알고 있지만 그들과는 한마디도 나눈 적 없고 인사조차 제대로 한 적이 없으니 아마 상대는 나를 가끔 학교에 나오는 어두운 녀석이라고 인식하고 있을 것이다.

어쩌면 나와 같은 반이었던 사실도 잊었을지도 모른다.

"그럼 내가 사키하고 노래방 갈래!"

"그럼 나도 갈까~."

아야세와 함께 있던 두 사람, 타카하시 스즈카와 스즈키 타츠야가 그렇게 말했다. 나는 그들과도 작년에 같은 반이었다.

"타츠야는 부활동이 있잖아. 빼먹지 말라고."

"아츠시는 진짜 부활동에만 착실하네. 메이도 노래방 갈래?"

"어, 나, 나는……."

아야세에게 메이라고 불린 여학생은 지금까지 한마디도

하지 않았던 아이로, 성은 타치바나다.

"당연히 갈 거지?"

"그, 그게…… 응."

타치바나는 살짝 끄덕였다. ……사실은 가고 싶지 않나 보네. 하지만 아야세의 말에 압도되어 어쩔 수 없이 끄덕인 느낌이었다.

타치바나와도 2학년 때부터 같은 반이었지만 그녀는 저 모임 사이에서 제일 발언력이 약해 지금과 같은 광경을 자주 볼 수 있었다.

하지만 아야세와 아쿠츠에게 싫은 소리를 할 사람은 아무도 없으니 다들 못 본 척했다. 물론 나도.

학교 계급으로 볼 때 아마도 아야세 그룹이 제일 상위 계층일 것이다.

아쿠츠와 아야세를 화나게 하면 큰일이 벌어질 테니 앞으로도 그다지 다가가지 않도록 주의해야지…….

"다들 안녕~!"

갑자기 쾌활한 목소리가 교실에 울렸다.

목소리가 들린 쪽으로 시선을 돌리니 문쪽에 흰 파카 미소녀가, 다시 말해 나나세가 있었다.

이런 식으로 반 모두에게 인사하는 녀석은 애니메이션이

나 만화 속 캐릭터 이외엔 처음 봤다.

"늦었잖아, 나나세!"

"헤헤, 실은 오늘 좀 늦잠 잤거든!"

"레나! 학교 끝나고 역 앞에 새로 생긴 가게에 크레이프 먹으러 가자!"

"크레이프 좋다! 오늘은 예정이 없으니 완전 좋아~!"

반 아이 몇 명이 차례차례 말을 걸고, 그에 전부 반응하는 나나세.

아무래도 이 반에도 나나세 팬이 있는 모양이다.

……그보다 이 파카 미소녀는 괴물 인싸인가. 굉장하네.

그렇게 감탄하고 있으니 나나세가 서서히 이쪽으로 다가와서는…… 옆자리에 앉았다.

진짜냐. 내 옆자리가 나나세였어? 교내에서 팬과 안티가 존재하는 여자의 옆자리라니, 무슨 일이 일어날 것 같은 기분이 들어 진짜 싫은데.

"안녕!"

그리고 갑자기 나나세가 인사했다.

"아, 안녕……."

"너 학교 나온 거 오늘이 처음이지?"

인사 다음은 질문이었다. 뭐랄까 굉장히 거침없네.

"마, 맞는데……."

"맞지?! 앞으로 잘 부탁해!"

"으, 응. 잘 부탁해……."

생긋 웃으며 인사하기에 이쪽도 인사했다.

깜짝이야. 보통 지금까지 한마디도 하지 않은 상대에게 이런 식으로 말을 거는 경우는 거의 없지 않아? 사교성 굉장하네.

"레나는 오늘도 상당히 나대네……가 아니라 인기 많네."

갑자기 날카롭고 차가운 목소리가 들렸다. 목소리의 주인은 아야세.

지금 확연하게 「나댄다」고 했지?

"역시 학교 제일의 트러블 메이커라니까!"

"문제만 일으키니까 같은 문제아들한테 인기 있는 거 아니야?"

뒤이어 아야세의 일행인 타카하시와 스즈키도 나나세를 쏘아붙인 뒤 둘이서 껄껄 웃었다.

반면 나나세는 상당한 악담을 들었는데도 싫은 표정 한 번 보이지 않고 생긋 웃었다.

"고마워. 그렇게 칭찬해주니 기쁘네."

"너 머리 나빠? 지금 칭찬한 게 아니라 바보 취급한 거야."

아야세는 짜증을 내며 그렇게 말하고는 나나세를 노려보았다.

확실히 말해 아야세는 나나세의 안티다. 그것도 상당한.

이 이야기는 학교에서 나나세가 문제아라는 것과 비슷할 정도로 유명한 이야기로, 지금까지 학교에 별로 나오지 않았던 나도 아는 사실이다.

듣자하니 고등학교 입학하고 얼마 안됐을 때부터 얼굴을 마주하면 바로 싸운다고.

"알고 있어. 하지만 나는 그릇이 크거든. 시시한 녀석이 하는 말을 일일이 진짜로 받아들이지 않아."

"누굴 보고 시시하다는 거야! 다른 사람을 얕보는 것도 적당히 해!"

"얕보는 건 그쪽이잖아. 사사건건 나한테 시비 걸지 말아줄래?"

다투는 두 사람 사이에 불똥이 튄다.

당장에라도 한판 붙을 법한 분위기.

"그런 촌스러운 파카나 입고 어떻게 등교하나 몰라."

"네 서툰 화장보다야 낫지. 아, 눈 화장 번졌다."

"뭐……."

아야세는 다급히 손거울을 꺼내 확인했다.

그러나 화장은 번지지 않았다.

"농담이야."

"너……!"

"그만 됐지? 나한테 시비 걸어봤자 손해야."

"큭…… 시, 시끄럽네!"

그렇게 말하면서도 아야세는 그 이상 나나세에게 아무런 말을 하지 않았다.

이번엔 패배를 인정한 모양이다. 그보다 두 사람의 대화를 들어보니 오늘 같은 다툼은 아마도 대부분 나나세의 승리로 끝났을 것이다.

"메이! 마실 것 사와!"

"어, 나……?"

"그래. 지금 엄청 짜증 나니까 빨리 사다 줘. 밀크티로."

아야세가 기분 나쁜 듯이 타치바나에게 명령했다.

"그럼 난 캔커피."

"나는 탄산이면 뭐든 상관없어."

"나는 홍차~."

뒤이어 다른 아이들도 가는 김에 사달라는 투로 타치바나에게 마실 것을 요청했다.

슬슬 담임 선생님도 올 때이니 보통이라면 거절하겠지만 아야세 일행 중에 제일 힘이 약한 그녀는 그 말에 거스를 수 없다.

그래서 여기선 자기 입장을 지키기 위해서라도 그 말을 따를 수밖에 없다.

"……아, 알았어."

타치바나는 힘없이 끄덕이고는 가까운 자판기에 가기 위

해 교실을 나가려 했다.

지금 타치바나는 확연하게 부당한 대우를 당하고 있다.

그러나 아무도 도와주려 하지 않았다. 당연하다.

괜한 짓을 했다가 아야세나 아쿠츠에게 찍히기도 싫고, 만약 도와주려 해도 아무것도 하지 못하고 헛수고로 끝날 가능성도 있다.

그러니 여기선 분위기를 파악해 아무것도 하지 않는 것이 정답…….

"잠깐만!"

교실에 맑은 목소리가 울렸다.

놀라서 목소리의 주인을 보니 역시나 나나세였다.

"뭐야, 레나. 무슨 참견이래."

"사키, 전부터 생각했는데 타치바나를 너무 막 대하는 거 아니야? 친구끼리니까 더 공평해야지."

"뭐? 무슨 소리를……."

말하는 도중, 나나세는 자리에서 일어나 아야세 쪽으로 다가갔다.

그리고 그녀의 책상 위에 손바닥을 쾅 내리쳤다.

"그러니까 오늘은 사키가 다른 아이들 마실 걸 사다 줄래? 아, 나는 오렌지 주스."

나나세가 천천히 책상에서 손을 떼자 거기엔 동전이 놓여 있었다. 딱 주스 하나 값에 맞춰서.

"……레나, 적당히 좀 하지."

"적당히 해야 하는 건 사키지. 네가 직접 마실 걸 사러 가든가, 타치바나에게 마실 걸 사 오라고 시키지 말든가. 원하는 걸 골라."

서로 노려보는 나나세와 아야세.

그러나 아까 말다툼하던 때와는 긴장감이 전혀 달랐다.

"야, 나나세. 잠자코 듣고 있으니 아주 제멋대로다?"

여기서 아쿠츠가 끼어들었다.

단순히 자신들의 일까지 끼어드는 나나세에게 화가 났을 것이다.

"너희도 타치바나에게 제멋대로 말했잖아."

"너하고 무슨 상관인데?"

"같은 반 친구니까 상관있지."

"아, 진짜 한마디를 안 지네……."

아쿠츠가 날카로운 시선을 나나세에게 보냈다. 솔직히 상당히 무섭다.

……그러나 나나세는 겁을 먹기는커녕 정면에서 마주 보았다.

솔직히 나나세 때문에 교실 분위기가 엉망이다. 최악이라 해도 좋다.

……하지만 신기하게도 나는 그런 그녀에게서 눈을 뗄 수 없게 됐다.

"자, 빨리 선택해. 사키가 사 오든가, 타치바나한테 시키지 말든가."

"짜증 나는 소리 좀 그만해라."

"내가 왜 네 말을 들어줘야 하는데?"

야아세, 아쿠츠와 나나세의 싸움이 진행되는 중이지만 이대로 가면 아마도 타치바나가 마실 것을 사러 가고 끝날 것이다.

아야세의 말대로 두 사람에게는 나나세의 말을 들을 필요가 없으니까.

……하지만 정말 그걸로 되는 걸까?

자문하는 도중 나는 힐끔 교실에 걸린 시계를 보았다.

담임 선생님이 올 때까지 2분 정도 남았나…….

"진짜 너희 성격 나쁘다. 갓난아기부터 다시 시작하지?"

"얘가 보자 보자 하니까……!"

그때 아야세가 완전히 화를 내며 손을 크게 들어 올렸다.

우와, 따귀를 때릴 생각이잖아.

"잠깐, 사키!"

아쿠츠도 나와 같은 생각을 하고서 곤란하다고 판단했는지 아야세를 말리려 했다.

그러나 그보다 먼저 아야세의 손이 나나세의 얼굴을 향

해 일직선으로 휘둘렀다.

모두가 나나세가 따귀를 맞을 거라고 생각한 순간.

갑자기 알람이 울렸다.

그것을 계기로 아야세의 손이 멈췄다.

그리고 아야세를 포함한 반 아이들의 시선은 알람이 울린 방향, 내 자리에 모여들었다.

"미, 미안. 알람 끄는 걸 잊어버렸네……."

나는 스마트폰을 들어 보이며 꾸벅 사과했다. 그러나 반 아이들은 딱히 반응을 보이지 않았다. 굳이 말하자면 이 녀석 누구야, 하는 시선이었다. 쌀쌀맞네…….

"자, 다들 자리에 앉아."

드르륵, 교실 문이 열리고 여성 교사가 들어왔다.

오늘이 신학기 이후 첫 등교라서 잘 모르겠지만 아마 우리 반 담임이겠지.

덕분에 어떻게든 넘어갈 것 같다.

그리고 타치바나는 아야세 일행이 부탁한 음료를 사러 가지 않고 자기 자리에 앉았다.

아야세의 자리에 모여있던 아쿠츠와 다른 아이들도 각자의 자리로 돌아갔다.

후우, 잘 넘어갔네……. 마음속으로 안도하고 있으니 옆에서 시선이 느껴졌다.

고개를 돌리니 자리에 돌아온 나나세가 이쪽을 빤히 바라보고 있었다.

"저기…… 왜?"

"아니, 아무것도~."

나나세는 가볍게 고개를 다른 방향으로 돌렸다. 대체 뭐야?

조회가 끝나자 반 아이들은 1교시 준비하거나 자판기에 마실 것을 사러 가거나 담소를 나누었다.

참고로 아야세는 이제 화가 풀렸는지 지금은 아쿠츠와 타치바나를 포함한 친구들과 잡담을 나누고 있었다.

"잠깐 괜찮을까?"

수업 준비를 마치고 자리에서 스마트폰을 만지고 있으니 나나세가 말을 걸었다.

"……이번엔 뭔데?"

"그렇게 싫은 표정 하지 마. 할 얘기가 있을 뿐이니까."

태양 같은 미소를 지은 나나세가 말을 이었다.

"아까 날 도와주려 한 거지?"

"……아닌데."

나나세의 질문에 나는 곧바로 부정했다.

"응? 왜 거짓말 해?"

"거짓말이 아니라 정말로 알람 끄는 걸 잊었을 뿐이야.

애초에 나는 트러블에 휘말리고 싶지 않거든."

내가 그렇게 주장하자 나나세는 알 수 없다는 표정을 지었다.

"트러블에 휘말리고 싶지 않은데 날 도와준 거야?"

"아니라니까."

부정했는데 나나세는 뭔가를 생각하는 듯이 턱에 손가락을 댔다.

"너, 꽤 재밌는 아이구나."

어딘가 불길한 미소를 떠올린 나나세.

뭐야, 그 반응. 엄청 무섭다고.

그렇게 겁을 먹고 있으니.

"나 말이지, 너한테 흥미가 생긴 건지도 모르겠어."

"……응?"

당황한 나를 보며 나나세가 히죽 웃었다.

◆◆◆

1교시인 수학 수업 중. 나는 옆자리의 키리타니에 관해 생각했다.

겁이 많을 것처럼 생겼다든가, 놀려주면 재밌겠다든가.

있다니까, 자주 이야기한 적은 없지만 놀려주면 재밌을 것 같은 사람.

아마도 키리타니도 그런 사람이 아닐까 한다.

하지만 키리타니와 처음 이야기했을 때는 학교에 가기 싫어하는 평범한 남자애라고 생각했었다. 그 사실에 딱히 별생각이 없었고, 학교에 그다지 오지 않는다 해서 이상한 시선으로 보지도 않았다.

하지만 그는 평범한 등교 거부 학생이 아닌 모양이다.

사키에게 맞을 뻔했을 때, 키리타니가 구해준 뒤 다시 그와 대화하니 조금 독특한 사람이라고 생각했다.

나를 구해준 게 아니라며 태연하게 거짓말이나 하고.

그리고 보통 문제에 휘말리고 싶지 않은 사람은 남을 돕지 않잖아?

그리고 내가 말하기도 그렇지만 교실 분위기는 최악이라 아무도 나를 도와주려 하지 않았고.

그랬던 만큼 키리타니의 스마트폰 알람이 울렸을 때 깜짝 놀랐다.

그때 「끄는 걸 잊어버렸네」 하고 말하는 연기, 너무 어색해서 웃음이 나올 것만 같았다. 조금 귀엽다는 생각도 들었지만.

그리고 살짝이지만 키리타니가 「그녀」와 닮은 것 같았다.

그래서 나는 그에게 흥미가 생겼다.

키리타니와 처음 대화한 뒤로 나는 그가 등교하면 한 마디라도 말을 걸려고 했다.

좋아하는 음식이나 휴일에 뭘 하는지 같이 시시콜콜한 이야기를.

진지하게 말하자면 이대로 가면 어쩌면 키리타니가 「그녀」와 마찬가지로 심한 꼴을 당할지도 모른다.

다행히 아직 그렇게까지 내몰리진 않은 모양이지만…….

하지만 이대로 그를 내버려 둘 수 없다.

왜냐하면 나라면 키리타니를 도와줄 수 있을지도 모르니까.

◇◇◇

첫 등교 이후 며칠 동안 1, 2학년 때와 마찬가지로 유급당하지 않을 정도로만 학교에 다니며 딱히 등교하지 않아도 되는 날은 집에서 빈둥거리며 보냈다.

그러나 곤란하게도 학교에 가면 어째서인지 나나세가 유독 말을 걸었다.

내용은 「취미가 뭐야?」라든가 「어제 드라마 봤어?」같이 아무래도 좋은 것들.

내게 흥미가 생겼다는 영문을 알 수 없는 소리를 했었는데 대체 무슨 생각인 걸까, 저 흰 파카 미소녀.

"어디, 오늘은 온종일 쓰레기 청소하는 봉사활동이 있는 날인가. 그럼 안 가도 되겠네."

내 방, 벽에 걸린 달력을 보며 중얼거렸다.

이 달력에는 절대로 유급당하지 않으면서도 되도록 학교를 안 나가도록 쉬어도 좋은 날과 등교해야 하는 날이 상세히 표기되어 있다.

쉬어도 괜찮은 날에는 반드시 「쉼」이라고 적어두었다.

참고로 오늘은 학교 근처의 주택가와 하천 부지, 공원을 청소하는 매년 하는 봉사활동 행사이니 물론 가지 않는다.

수업이 있는 날조차 유급과 상관이 있을 때만 등교하는데, 수업이 아닌 봉사활동에 나갈 이유는 없다. 당연히 이전 두 번의 봉사활동 행사에도 불참했었다.

"그럼 오늘도 에페나 할까."

펄스4를 기동하는 나. 플레이하는 게임은 저번에 모모카가 꺼버린 배틀 로열 게임이다. 오늘이야말로 20킬을 달성하겠어.

그렇게 마음먹은 순간, 초인종이 울렸다.

모모카가 나가겠지 생각했지만, 그러고 보니 학생은 학교에 갔을 시간이지.

뭐, 나도 학생이지만.

부모님은 모두 일하러 가셨으니…… 없는 척하자.

두 번째 초인종이 울렸지만 나는 신경 쓰지 않고 게임을 시작했다. 배달이라면 미수령 안내문을 붙여줄 거고 보험 영업이라면 포기하고 돌아갈 테니까.

그렇게 생각하며 게임을 플레이했는데, 안타깝게도 초인

종이 계속해서 울렸다. 아니, 오히려 아까부터 초인종을 연타했다.

아니, 이건 좀 실례잖아.

"네, 지금 나갑니다."

나는 어쩔 수 없이 게임을 중단하고 현관으로 나갔다.

이렇게 무례하게 구는 건 대체 어떤 녀석이야. 항의해주겠어.

"네, 누구세요…… 뭐야, 너였냐."

"안녕, 카케루."

현관 앞에서 산뜻한 미소를 지은 인물은 슈이치였다.

같은 중학교 출신답게 걸어서 10분 정도 거리의 은근히 가까운 곳에 살고 있다.

"뭐 하러 온 거야……."

"그야 같이 학교 가려고 왔지."

"아니, 안 갈 건데?"

슈이치의 말에 나는 고개를 저으며 답했다.

"어째서? 오늘은 수업도 없어서 은근 괜찮은 날인데."

"봉사활동에 관심 없고 귀찮아."

"그러지 말고 가자. 저번에 네가 갖고 싶어 했던 게임 줄 테니까."

"갖고 싶어 했던 게임?"

"배틀 스테이지 6이라는 거. 휴일에 역 근처까지 나갔을 때 이벤트에 당첨됐거든."

"정말?! 그거 진짜 하고 싶었던 건데!"

슈이치의 말을 들은 나는 살짝 흥분하고 말았다.

그가 말한 타이틀은 금전적인 문제로 구매를 포기한 게임이기 때문이다.

"정말로 줄 거야?"

"그래. 나는 게임 잘 안 하니까. 대신 오늘 봉사활동 행사는 같이 가자."

"아, 알았어. 그런 거라면……."

도중에 말을 멈췄다.

……뭔가 좀 이상한데?

지금까지 슈이치는 지금처럼 나를 학교에 나가게 하려던 적은 있었지만, 학교에 가기만 해도 게임을 준다는 것은 오늘이 처음이었다.

"슈이치, 무슨 속셈이야?"

"어? 그, 글쎄 뭐가……?"

물어보자 슈이치가 재빨리 시선을 돌렸다. 너무 알기 쉽잖아.

"역시 학교 가지 말까……."

"잠깐, 잠깐, 알았어. 사정을 말할 테니 학교 가자."

필사적으로 그렇게 말하는 슈이치.

이렇게 당황하다니. 대체 무슨 사정이 있어서 나를 학교로 데려가려는 거냐고.

"사실 오늘 봉사활동은 여자친구랑 다닐 생각이었는데 말이지."

"뭐야, 여친 자랑?"

"그게 아니라니까. 좀 들어봐."

침착하라며 달래는 슈이치. 어쩐지 짜증 나는데.

"근데 여자친구가 갑자기 몸이 안 좋아서 학교에 못 나오게 된 모양이라 오늘 함께 쓰레기를 주울 사람이 없어졌어."

"다른 친구랑 하면 되잖아. 너는 나랑은 다르게 친구도 많으니까."

"그건 그런데……."

말하기 껄끄러운 표정을 하는 슈이치.

"그 왜, 매년 그렇지만 쓰레기 청소 봉사활동은 혼자서 행동하는 녀석 이외엔 제법 오랜 시간 다른 사람하고 같이 있잖아? 그러니 보통 잡담하면서 시간을 보내거든."

"뭐, 그렇겠지……."

나는 한 번도 참가한 적이 없으니 잘 모르겠지만.

"솔직히 그렇게 오랫동안 별로 친하지도 않은 녀석하고 같이 있고 싶지 않아."

"그, 그래……."

이 미남 녀석, 은근히 심한 말을 하네.

뭐, 틀린 말은 아닐지도 모르겠지만.

"그게 나를 학교에 데려가고 싶은 이유야?"
"그렇지. 그러니까 부탁해."
슈이치는 그렇게 부탁하며 가볍게 고개를 숙였다.
솔직히 나는 쓰레기 청소 따위는 전혀 하고 싶지 않지만 계속 갖고 싶었던 배틀 스테이지 6을 준다고 하면 어쩔 수 없지.
"……알았어. 대신 게임은 꼭 줘."
"오! 같이 갈 거야?! 역시 내 친구라니까!"
잘생긴 얼굴로 웃은 슈이치는 내게 어깨동무했다.
"일일이 어깨동무하지 마."
"에이, 부끄러워하긴."
"전혀 아니거든."
정말이지 은근히 짜증 나는 미남이네.
……하지만 봉사활동 행사에 참가하면 또 나나세한테 붙들릴 수도 있을 것 같은데.
뭐, 그때는 슈이치한테 어떻게 좀 해달라고 해야지.
그렇게 나는 학교에 갈 준비를 하려고 방으로 돌아갔다.

◇◇◇

나는 슈이치와 등교한 뒤 평소대로 조회를 마치고 쓰레기 청소를 위해 학교 지정 체육복으로 갈아입었다.

그렇게 학교 밖으로 나간 뒤 곧바로 봉사활동이 시작됐는데…….

"배신당했어……."

나는 쓰레기봉투를 오른손에, 집게를 왼손에 들고 혼자 멍하니 서 있었다.

이렇게 된 것은 원래 슈이치와 둘이서 시시콜콜한 잡담이나 나누며 청소할 예정이었는데, 올해부터 봉사활동 행사는 담임 선생님이 같은 반 학생들을 무작위로 나누어 조별로 쓰레기 청소를 하게 됐다고 한다.

그 이유는 매년 친한 사람끼리 행동하면 잡담이나 하면서 착실하게 청소하지 않기 때문이라고. 그런 사정으로 다른 반이라 같은 조가 될 수 없는 나와 슈이치는 함께 행동할 수 없게 됐다.

이것만으로도 원래 봉사활동에 참가할 예정이 없었던 내게는 최악의 상황이건만 우리 반 담임 선생님이 정한 조가 더 최악이었다.

"있지, 아츠시. 나 심심해."

"그건 나도 마찬가지야."

나는 담임 선생님의 지시로 학교 근처의 공원에서 쓰레기를 줍게 됐다.

……그러나 아야세와 아쿠츠는 지루한 듯이 벤치에 앉아 이야기를 나누고 있었다.

"오늘 굳이 나올 필요 있었어?"

"이 행사에 빠지면 고문한테 혼나거든. 최악의 경우 시합에 보내주지도 않을 거야."

그런 대화를 나누는 두 사람은 쓰레기를 주울 생각이 전혀 없는 듯했다.

선생님이 없다고 해서 당당하게 빼먹고 붙어 다니지 말라고.

하긴, 나도 원래는 빠질 생각이었지만.

"이게 어떻게 된 거냐고……."

나는 좌절하며 중얼거렸다.

설마 학교 일진인 남녀 두 사람과 같은 조가 되다니.

운이 나쁜 것도 정도가 있지……. 하지만 내 악운은 그것만이 아니었다.

"무슨 곤란한 일이라도 있어?"

옆에서 귀여운 목소리가 들렸다.

돌아보니 그곳엔 아쿠츠나 아야세와 마찬가지로 체육복 차림인 나나세가 생긋 웃으며 이쪽을 보고 있었다. 애용하는 파카는 오늘도 체육복 위에 입고 있다.

그렇다. 같은 조에는 교내의 유명인이자 문제아인 나나세도 있었다.

그리고 나와 같은 조원은 이걸로 끝. 정말 최악의 멤버다.

덤으로 청소가 시작될 때 빠지려 하는 아야세와 나나세

가 한 번 으르렁대기도 했고.

"딱히 곤란하지 않은데……."

"아니, 거짓말이지? 엄청 곤란한 표정이던데?"

나나세는 재밌다는 듯이 쿡쿡 웃었다. 뭐가 그렇게 즐거운 건데…….

"근데 어쩐 일이야? 키리타니는 학교를 쉴 때가 많잖아. 봉사활동은 빠질 거라고 생각했어."

그리고 웃는 얼굴로 엄청 실례되는 발언을.

거기다 분하게도 정곡을 찔려 반론할 수 없었다.

"저기, 나는 혼자서 쓰레기 주워올 테니까 나나세는 저 두 사람한테 가봐."

"키리타니도 참 재밌는 얘길 하네. 난 저 두 사람하고 별로 친하지 않아."

"알아. 나한테서 떨어져 달라고 돌려서 말한 거야."

"그렇겠지. 응, 응, 알고 있어."

그렇게 말하면서도 나나세는 내 옆에서 전혀 떨어지지 않았다. 뭘 알고 있다는 거야.

"근데 오늘은 왜 학교에 온 거야?"

"가끔은 나도 봉사활동으로 세상과 사람을 위한 행동을 할까 하고……."

"항상 학교를 쉬어서 선생님들을 곤란하게 하니까?"

나나세는 놀리는 말투로 물었다.

그건가. 이 녀석은 사람을 짜증 나게 하는 데에 천재인가.

"선생님을 곤란하게 하는 건 그쪽이잖아. 오늘도 교칙을 위반하고 파카를 입고 왔잖아."

"이건 나를 상징하는 물건이거든."

파카를 보여주듯 가슴을 편 나나세가 당당하게 답했다.

상징이 규칙을 위반한다니 대단하네.

"야, 거기. 농땡이 부리지 말고 빨리 쓰레기나 주워."

아쿠츠가 인상을 쓰며 다가왔다.

솔직히 그쪽이 할 소리가 아닌 발언에 엄청나게 항의하고 싶지만 권력자인 아쿠츠를 상대로 그런 말을 할 용기가 없다.

참고로 아까까지 그와 이야기를 나누던 아야세는 봉사활동 중인데 스마트폰에 푹 빠져있었다.

"미, 미안. 바로 주울 거니까."

나는 바로 사과하고서 다시 쓰레기를 주웠다.

"자기도 농땡이 부리면서 무슨 말이야. 남자가 꼴사납긴."

반면 나나세는 완전히 싸움을 거는 톤으로 그렇게 말했다.

이 녀석은 또 무슨 짓을…….

"뭐? 내 말이 불만이야?"

"당연히 불만이지. 아쿠츠하고 사키도 쓰레기 좀 주워."

"그렇게 성가신 일을 우리가 왜 해."

"그럼 우리에게 잔소리할 자격이 없지 않아? 혹시 바보야?"

내가 생각했던 말을 나나세가 당당하게 하자 아쿠츠의 표정이 일그러졌다.

"누굴 보고 바보라는 거야. 너, 진짜 나대지 마라."

"내댄 적 없어. 그보다 바보가 아니라면 쓰레기 좀 줍던가."

날카롭게 대치하는 두 사람. 이제는 일촉즉발 분위기다.

이봐, 나랑 같이 있을 때 이상한 행동 하지 말아줘…….

"자, 잠깐, 잠깐!"

나는 다급히 두 사람 사이에 끼어들었다.

그러자 지금까지 나나세를 노려보던 아쿠츠의 시선이 내 쪽을 향했다.

"뭐냐. 너도 불만이야?"

"서, 설마. 그럴 리 없……."

학교에 제대로 오지도 않은 내가 반에서 남자들의 실권을 쥔 아쿠츠에게 반항하면 어떻게 될지…… 상상만 해도 오싹하다.

"쓰레기 줍기는 나와 나나세가 할 테니까 넌 그냥 쉬어."

"잠깐, 무슨 말을……."

뒤에서 나나세가 무언가 말을 하려 했지만 손을 들어 제지했다.

이 여자는 분위기 파악이라는 걸 모르나.

"오, 얘기가 좀 통하네. 키리시마라고 했나?"

"키리타니야……."

나는 그런 동아리활동 관둘 법한 성이 아니라고.[#2]

그보다 역시 이름조차 모르고 있네.

“쓰레기 정리 빨리 끝내. 끝나면 자유시간이라니까.”

기분이 좋아진 아쿠츠는 그런 말을 남기고 아야세가 앉은 벤치로 돌아갔다.

극도로 자기중심적인 발언이네.

“저기, 왜 그런 말을 한 거야?”

나나세가 화난 듯이 물었다.

“미안. 나나세도 쓰레기 줍기 싫으면 다른 데 가도 돼.”

“그게 아니라 왜 아쿠츠하고 사키한테 청소하라고 하지 않은 거야?”

“아니, 그런 말을 할 리가 없잖아.”

“그럼 키리타니는 두 사람이 청소하지 않는 게 올바른 행동이라고 생각해?”

“그, 그런 건 아닌데…….”

말문이 막힌 나는 크게 한숨을 쉬었다.

그야 나도 두 사람이 청소를 빼먹는 건 좋지 않다고 생각한다.

하지만 만약 내가 아쿠츠와 아야세에게 청소하라고 말했다 치자.

#2 나는 그런 동아리활동 관둘 법한 성이 아니라고 2014년 개봉한 영화 「키리시마가 동아리활동 그만둔대」.

그런 짓을 해도 두 사람은 절대로 청소하지 않을 것이다.
왜냐하면 나와 두 사람 사이에는 명확한 힘의 차이가 있으니까.
약자가 강자에게 뭐라 말을 해도 소용없다.
오히려 두 사람의 반감을 사서 시비를 걸 가능성도 있다.
매일 셔틀 취급당하기라도 한다면 난 평생 학교에 갈 수 없게 될 거라고.
"하고 싶은 말이나 생각을 그대로 입 밖에 꺼내도 해결되지 않는 일도 있어. 나나세도 그 정도는 알잖아."
"흐음."
나나세는 재미없다는 반응을 보인 뒤 말을 이었다.
"하지만 그렇게 자신의 마음에 담아두기만 하면 괴로울 텐데."
"윽……."
나는 다시 말문이 막혔다.
솔직히 나나세의 말은 틀리지 않았을 것이다.
그만큼 지금 내가 제일 듣고 싶지 않은 말이었을지도 모른다.
"……재네들하고 다투는 것보다는 낫잖아."
저항하듯 그렇게 말한 뒤 나는 공원의 쓰레기를 집게로 주워 쓰레기봉투에 넣었다.
"그래."

나나세도 그렇게 중얼거린 뒤 다시 쓰레기를 주웠다.

그렇게 청소가 끝날 때까지 나와 나나세는 아무 말도 나누지 않았다.

◇◇◇

"이제야 끝났다!"

청소를 시작하고 두 시간 뒤. 눈에 보이는 낙엽이나 빈 캔, 버려진 잡지 등을 전부 주우니 나나세가 기쁜 듯이 두 손을 번쩍 들었다.

이곳 공원은 은근히 넓어서 두 사람이 하면 역시 시간이 걸리네.

당연하지만 넷이서 하는 편이 분명히 좋았을 것이다.

"키리타니! 하이파이브!"

갑자기 나나세가 두 손을 든 채로 이쪽으로 다가왔다. 갑자기 뭐야?

"……? 키리타니, 혹시 하이파이브가 뭔지 몰라?"

"아니, 그건 아는데…… 화난 거 아니었어?"

"화? 누구한테?"

"……나한테."

그러자 나나세가 눈을 동그랗게 뜬 뒤에 쿡쿡 웃었다.

"혹시 키리타니가 아쿠츠한테 겁먹어서 내가 화났다고

생각했어?"

"표현이 좀 그렇지만 대충 그렇지. ……아니야?"

"그럴 리가 없잖아. 나는 그릇이 크니까 그 정도로 화내지 않아."

"자기 그릇의 크기를 어떻게 알아…… 하지만 청소할 때 한마디도 하지 않았잖아."

"그건 단순히 착실하게 청소했을 뿐이야. 청소하는 사람이 둘밖에 없는데 그러지 않으면 언제 끝나겠어."

"……그것도 그러네."

"왜? 나하고 얘기하고 싶었어?"

"그건 확실히 아니야."

나는 히죽거리며 물어보는 나나세에게 고개를 좌우로 저었다.

딱히 그녀와 이야기하고 싶었던 것은 아니다. 다만 유난히 말을 걸던 사람이 갑자기 입을 열지 않으니 신경 쓰였을 뿐이다.

"그럼, 하이파이브!"

"아니, 안 할 건데."

밝은 모습으로 하이파이브를 요구하는 나나세에게 나는 냉정하게 답했다.

"왜~ 어째서~ 부끄러워?"

"아니. 그렇게까지 친하지 않은 사람과 하고 싶지 않을 뿐이야.”

“너무한 거 아냐?!”

나나세가 불만을 늘어놓았지만 계속 상대하기 귀찮아 흘려넘겼다.

공원 청소가 끝났으니 그만 학교로 돌아갈까.

가득 찬 쓰레기봉투는 교문 앞에 있는 선생님들에게 제출하면 버려주신다고 한다.

“둘 다 수고했다.”

아쿠츠가 체육복 반바지 주머니에 손을 넣은 채 잘난 듯이 다가왔다.

그러나 그 옆은 물론이고 방금까지 앉아 있던 벤치에도 아야세의 모습은 보이지 않았다.

“저…… 아야세는?”

“사키? 그 녀석은 그게…….”

아쿠츠가 어딘가 멋쩍은 듯이 말끝을 흐렸다. ……응? 뭐지?

“아, 그날이구나.”

나나세가 검지를 세우며 명추리를 선보였다. 아, 그런 거야?

“아니야! 화장실 갔을 뿐이라고!”

아쿠츠가 얼굴을 붉히며 필사적으로 부정했다.

아무래도 나나세의 명추리는 완벽하게 빗나간 모양이다.

그보다 화장실이라면 평범하게 말하면 될 텐데. 일단은 아야세를 배려한 거겠지.

"정말이지, 특이한 녀석."

"아쿠츠, 고마워!"

"칭찬 아니야."

나나세가 장난치자 아쿠츠가 날카로운 시선을 보냈다.

부탁이니까 별것 아닌 일로 험악한 분위기 만들지 말아줘.

"뭐, 됐다. 그보다 쓰레기봉투나 잘 처리해."

"어? 아, 응……."

아쿠츠의 말에 나는 당연한 듯이 끄덕였다.

처음부터 그럴 생각이었으니까…… 그렇게 생각했는데.

"무슨 말이야? 청소는 나와 키리타니가 했으니까 뒤처리 정도는 너희가 해."

나나세는 손에 든 쓰레기봉투를 아쿠츠에게 내밀었다.

진짜 포기를 모르네. 무슨 말을 해도 소용없는데.

"그걸 내가 왜 해? 피곤하게."

"나하고 키리타니도 피곤하거든."

진지하게 말하는 나나세에게 아쿠츠는 화조차 나지 않을 정도로 성가시다는 듯이 어깨를 으쓱였다.

"시끄럽네. 어쨌든 우린 안 옮길 거야."

"……흐음. 그렇단 말이지."

아쿠츠의 말에 결국 나나세가 반박하지 않게 됐다.

이제는 그녀도 적당히 포기할 줄 알게 됐겠지.

이 이상 아쿠츠에게 따져도 좋은 일이 없을 테니까.

그게 올바른 선택이라고 생각한다.

"이야아아아압!"

이제야 나나세가 정상적으로 판단했다고 생각했건만 그녀는 자신이 든 쓰레기봉투를 그대로 아쿠츠를 향해 던졌다.

가까운 거리에서 날아든 쓰레기봉투는 무려 아쿠츠의 급소에 적중.

쓰레기봉투에는 페트병이나 빈 캔같이 딱딱한 게 많이 들어있어서 꽤 아플 것이다.

……아니, 무슨 짓이야?!

"아, 아파라……?!"

고꾸라진 아쿠츠는 얼굴을 찡그리며 그렇게 중얼거렸다.

아무래도 나나세의 쓰레기봉투는 그의 중요한 부분에 대미지를 준 모양이다.

으아, 아프겠다…….

"무, 무슨 짓이야, 너……."

"저기 말이지, 농구부 에이스인지 주장인지 모르겠지만, 얼굴 좀 잘생기고 운동 좀 한다고 빼기지 말라고!"

나나세는 여전히 쓰러져 있는 아쿠츠를 내려다보며 그렇

게 말했다.

그 후 그녀는 이쪽을 보면서.

"키리타니, 그거 줘."

내가 든 쓰레기봉투를 가리켰다.

"응? 어째서……."

"괜찮으니까 줘."

내 손에서 쓰레기봉투를 가져간 나나세는 그것을 아쿠츠 옆에 놓았다.

이 녀석, 제정신이야?

"아쿠츠, 쓰레기봉투 잘 부탁해!"

나나세가 두 쓰레기봉투 옆에서 웅크린 아쿠츠를 보며 생긋 웃었다.

그러자 아직 움직이지 못하는 아쿠츠는 엄청난 표정으로 입을 열었다.

"너, 두고 봐……."

"미안해라~! 난 건망증이 심해서!"

그렇게 말한 나나세는 두 손을 맞대고선 어멋, 실수! 라고 말하는 듯한 표정을 선보였다.

이런 상황에서 잘도 그런 행동을 하네…….

"키리타니! 가자!"

"어? 가자니 어딜……?"

"학교 가야지!"

"하, 하지만!"

"빨리, 빨리!"

나나세는 내 손을 잡고 그대로 끌어당겼다.

"자, 잠깐?!"

말을 걸어도 나나세는 전혀 멈추려 하지 않았다.

아직 며칠 대화했을 뿐이지만 그녀를 조금 야만적이라 생각하고 있었다.

그러나 나를 이끄는 그녀의 손은 하얗고 작아서, 이렇게 말하긴 그렇지만 제대로 된 여자아이의 손이었다.

덕분에 지금까지 가족 이외의 이성과 손을 잡아본 적도 없었던 내 가슴은 한심할 정도로 쿵쾅거렸다.

반면 나나세는 아쿠츠에게 한 방 먹인 것이 즐거웠는지 눈을 반짝이며 앞으로 나아갔다.

역시 그녀와 엮이면 성가신 일만 생긴다.

그렇게 생각하면서도 앞으로 걸어가는 그녀의 뒷모습이 어째서인지 조금이지만 멋지다는 생각이 들고 말았다.

◇◇◇

"아~ 아까 아쿠츠의 표정은 정말 걸작이었어."

공원을 나와 얼마 지난 후.

우리는 항상 등하교 때 지나는 세이란 고등학교까지 이

어지는 벚꽃길을 걸었다.

"걸작이라니…… 나나세 때문에 나까지 아쿠츠한테 찍혔을지도 모른다고."

"잘됐네!"

"적당히 말하지 마. 뭐가 잘됐다는 거야."

나는 크게 한숨을 내쉬었다.

"저기, 전부터 생각했는데 왜 자꾸 귀찮게 해?"

"귀찮게 하다니, 너무하네. 나는 그저 옆자리 친구와 친해지려는 것뿐이야."

나나세는 그렇게 답했지만 정말일까. 뭐, 그녀는 평소에도 처음 만나는 사람에게 서슴없이 다가가니 말도 안 되는 건 아니지만…….

"그럼 하나 물어봐도 돼?"

"뭔데? 내가 그렇게 궁금해?"

"그럼 그냥 안 물을게."

"에이, 농담 살짝 한 걸 가지고! 뭐든지 물어봐!"

나나세는 미소를 지으며 가슴에 손을 얹었다.

정말이지 일일이 쓸데없는 대화를 늘리지 않았으면 좋겠다.

"넌 항상 주변을 신경 쓰지 않고 생각하는 대로 행동하는 모양인데, 다른 사람이나 자기 입장은 생각하지 않아?"

타치바나 때와 오늘도 나나세는 항상 그곳의 분위기는 신경 쓰지 않고 행동한다.

덕분에 내게도 상당한 불똥이 튀었다.

오늘 봉사활동은 특히 그렇다. 아쿠츠가 화났으니 나는 내일부터 그 집단의 빵셔틀이 될지도 모르니…….

"공원에서 청소할 때도 비슷한 말을 했는데, 자기 마음에 솔직해지지 않으면 여러모로 갑갑하잖아."

"그건 그렇지만 때로는 분위기에 맞출 필요도 있잖아?"

"나는 그렇게 생각 안 해."

나나세는 내 질문에 단호히 말했다.

"왜냐하면 자신이 올바르다고 생각한 일을 굽히면서까지 타인에게 맞출 필요는 없어."

"그, 그건……."

"그리고 항상 자신답게 사는 편이 분명 즐거울 거야!"

티 하나 없이 맑은 미소를 지은 나나세는 그렇게 말했다.

나는 아무런 말도 할 수 없었다.

그녀가 한 말이 올바르다고 생각했기 때문이다.

다만 올바른 행동만 해도 잘 풀리지 않는 것이 세상이라…….

"……하아, 역시 나나세는 문제아야."

"키리타니, 다 들리거든."

새초롬하게 노려보는 나나세를 본 나는 살짝 한숨을 내쉬었다.

앞으로도 나나세 레나에게 휘둘릴 거라고, 어쩐지 그런

예감이 들었다.

◇◇◇

봉사활동 행사 이후 며칠이 흘렀다.

나는 아쿠츠에게 찍혀 그의 빵셔틀이 되지 않을까 걱정했지만, 의외로 그렇게 되지 않았다.

이유는 단순히 나보다 나나세에게 이목이 끌렸기 때문이다.

다만 아쿠츠와 얼굴이 마주치면 노려보기 때문에 되도록 근처에 다가가지 않으려는 중이다.

참고로 봉사활동에 나가는 대신 슈이치에게서 받을 예정이었던 배틀 스테이지 6. 그러나 슈이치가 가져온 것은 배틀 스테이지 3으로 내가 원하던 게임이 아니었다. 일단 받아두긴 했지만…… 솔직히 전혀 필요 없었다.

그날 대체 무엇을 위해 봉사활동 행사에 참가했던 건지…….

"오빠! 이제 곧 시작해!"

갑자기 내 여동생, 모모카가 말을 걸었다.

사실 오늘은 휴일로, 나는 모모카와 함께 연극을 보러 가려고 집에서 가까운 역 앞 극장에 와 있었다. 관객석은 1000석 정도의 중간 규모 정도.

원래 모모카는 친구와 올 예정이었다고 하는데 그 친구에게 볼일이 생긴 탓에 대신 오빠인 내가 모모카를 따라오게 됐다.

사실은 집에서 뒹굴거리고 싶었지만 동생이 사정사정해서 어쩔 수 없이 여기까지 오게 됐다. 어머니의 시선도 따가웠으니까…….

"그래서, 오늘 연극은 어떤 건데?"

"「메이드의 명추리」라는 연극이야. 미스터리 장르인 것 같아."

모모카는 팸플릿을 펼치고 설명했다.

내 동생은 소설이나 영화, 연극 같은 걸 보는 취미가 있다. 따라서 이렇게 오빠가 동생의 취미에 따라가는 일도 제법 있다.

따라간다기보다 항상 억지로 끌려가는 것뿐이지만.

"연극 볼 시간에 만화나 보지 그래."

"아니, 난 배틀물은 잘 몰라서."

만화의 장르가 배틀물만 있는 건 아니라고.

그런 생각을 하고 있으니 갑자기 알림음이 울리며 회장이 어두워졌다.

슬슬 연극이 시작되는 모양이다.

다행히도 나와 모모카의 자리는 제일 앞. 눈앞에서 배우의 연기를 즐길 수 있다.

"오빠! 재밌겠다!"

"그, 그러게……."

덕분에 옆에 앉은 모모카의 눈동자가 반짝였다.

그리고서 무대에만 조명이 켜지고 천천히 막이 올랐다.

그러자 저택으로 보이는 세트에 두 여성이 나타났다.

한 명은 20대 정도의 여성으로, 메이드복을 입고 있었다.

그리고 다른 한 명도 마찬가지로 메이드복을 입고 있었는데…….

"……!"

그녀를 본 순간, 나는 경악했다.

"오빠, 입을 왜 그렇게 크게 벌려? 창피하니까 그러지 마."

모모카는 그렇게 주의를 줬지만 입은 다물어지지 않았다.

왜냐하면 무대 위에는 교내 제일의 유명인이자 수많은 사건을 벌인 문제아, 나나세 레나가 있었으니까.

……네가 왜 거기서 나와?

◇◇◇

"엄청 놀랐네……."

다음날 점심시간. 나는 매점에서 산 달걀 샌드위치를 먹으며 중얼거렸다.

모모카와 연극을 보러 간 뒤 이것저것 조사해보니 아무

래도 나나세 레나는 우리가 본 극단, 「유나기」에 소속된 배우인 모양이다.

인터넷에서 검색해보니 「유나기」는 5년 전에 발족한 극단으로, 주로 우리 지역에서 활동한다.

발족 당시부터 서서히 인기가 늘어나더니, 지금은 상당히 많은 주목을 받는 극단이라고.

단원도 10대에서 40대 남녀로 모두 40명가량 되는 듯하다.

「유나기」의 공식 사이트에 실린 프로필에 의하면 나나세는 고등학교에 입학하기 얼마 전에 극단에 들어갔다고 한다.

“설마 그 나나세가 연극배우라니.”

솔직히 전혀 그렇게 보이지 않는다.

오히려 평소 모습을 보면 연기가 가능할까 싶은 정도다.

하지만 실제로 그녀의 연기를 직접 보니 무척 능숙……한 것 같았다.

솔직히 연기에 관해선 잘 모르겠지만 적어도 다른 배우와 비교해도 전혀 손색이 없었다.

“굉장한 녀석이었네.”

그렇게 중얼거리며 달걀 샌드위치를 베어 물었다.

지금 나는 혼자 점심을 먹고 있다. 슈이치와 함께 먹을 때도 있지만, 그 녀석은 대부분 여자친구와 함께 있으니 나는 기본적으로 점심시간엔 혼자인 경우가 많다.

그보다 슈이치가 불러도 되도록 거절했다.

이렇게 학교에 잘 안 나오는 녀석이 친구의 연애를 방해할 수는 없으니까.

……그래서 혼자인 것은 평소대로지만 점심을 먹는 곳에 문제가 있었다.

평소엔 교실의 내 자리에서 먹는다. 고등학교에 다니며 점심시간의 90퍼센트 정도는 자신의 자리에서 보냈을 정도.

그런데 나는 지금 세이란 고등학교의 본교사가 아닌 구교사의 빈 교실에서 점심을 먹고 있다.

게다가 제법 오래된 건물이라 어디선가 웃풍이 들어와 미묘하게 추웠다.

그러다 보니 이곳엔 기본적으로 아무도 오지 않는다.

"……하아, 여긴 역시 춥네."

달걀 샌드위치를 먹으며 중얼거렸다.

내가 구교사에서 점심을 먹는 이유는 아쿠츠 때문이다.

봉사활동 행사 이후 직접 뭔가 당하는 건 아니지만 교실에 있으면 때때로 이쪽을 노려봐서 상당히 무섭다.

특히 점심시간은 아쿠츠도 교실에서 반 아이들과 점심을 먹으니 거북할 따름이다.

그래서 나는 이렇게 어두운 곳까지 피난했다.

졸업할 때까지 점심시간은 계속 여기서 보내야 하나…….

하긴 학교엔 최소한으로만 나올 거니 이 정도는 참을 수 있겠지.

"그나저나 이 교실은 왜 이렇게 책만 있는 거지?"

실내를 둘러보니 책장과 책상 위에 대량의 책이 꽂혀 있거나 쌓여 있었다. 장르는 소설이나 잡지 등 다양했다.

"응? 이건……."

대량의 책 속에서 문뜩 한 권이 눈에 들어왔다.

그건 연기에 관련된 책이었다. 어째서 이런 책이?

그렇게 생각하니 갑자기 문이 열렸다.

누, 누구지……?

깜짝 놀라 돌아보니.

"어라? 키리타니?"

빈 교실에 들어온 사람은 나나세였다. 도시락을 든 그녀는 오늘도 여전히 블라우스 위에 상징적인 흰색 파카를 입고 있었다.

"나나세, 여긴 어떻게……?"

"그건 내가 할 말이야. 왜 여기에 있어?"

"나는 그게…… 그냥 좀 사정이 있어서."

교실에 아쿠츠가 있어서 불편하다고 말하면 발단을 만든 나나세가 신경 쓸지도 모르니 일단은 말을 흐렸다.

"그래서, 나나세는 왜 왔어?"

"나? 나는 여기서 점심 먹으니까 왔어."

그렇게 말한 나나세는 내 옆자리에 앉아 도시락을 싼 가방을 풀었다.

아무렇지도 않게 옆자리에 앉네. 뭐, 상관없지만.

"항상 여기서 점심 먹어?"

"응. 1학년 때부터 점심시간은 대부분 여기서 보냈어."

"1학년 때부터라니…… 혹시 이 방에 있는 물건이 전부 나나세 거야?"

"맞아~."

내가 묻자 나나세는 무슨 문제라도 있냐는 투로 대답했다.

"여긴 아무도 사용하지 않으니까 내 방으로 삼았어."

"어마어마한 발상이네."

비었다지만 학교의 교실을 멋대로 자신의 방으로 쓰는 녀석은 아마도 나나세밖에 없을 것이다. 그녀답다고 하면 그녀다운 건지도 모르겠지만.

"아, 그러고 보니 어제 보러 왔었지?"

"어? 갑자기 무슨 이야기야?"

"그러니까, 어제 보러 왔잖아. 내가 있는 극단의 연극."

갑작스러운 주제에 나는 순간 어떻게 대답해야 좋을지 망설였다.

나나세가 숨기고 싶다면 모르는 척해둘까 싶었는데 본인이 밝혔으니 딱히 신경 쓸 필요는 없는 듯하다.

"뭐, 그렇긴 한데…… 근데 언제 알았어?"

"제일 앞자리에 앉았잖아. 은근히 바로 알아차렸어."

"그, 그래……."

나도 무대에 선 나나세를 단번에 알아차렸으니까.

그녀도 나를 발견했다 해도 전혀 이상하지 않다.

"너, 혹시 연극 좋아해?"

"아니. 어제는 동생이 가자고 해서 따라갔을 뿐이야. 여동생이 그런 걸 좋아하거든."

"여동생 있구나! 좋겠다~ 나도 오빠나 여동생이 있었으면~."

나나세는 부럽다는 듯이 이쪽을 바라보았다.

아무래도 그녀에겐 형제가 없는 모양이다.

여동생이 있는 몸으로서는 있어봤자 딱히 좋은 일은 없는 것 같은데.

내 동생은 매일 학교에 나가라고 시끄럽게 굴기나 하고 말이지.

"그래서, 반 애들은 나나세가 배우라는 걸 알아?"

"아마 모를 거야. 딱히 숨기는 건 아닌데 교내에서 아는 사람은 거의 없지 않을까?"

"어? 그래?"

"응. 극단에 들어간 건 고등학교에 입학하기 얼마 전이었는데 어제처럼 제대로 된 역할로 무대에 서게 된 건 얼마 안 됐거든."

"그렇구나……."

나나세도 고생 많이 했겠다 생각하고 있으니 갑자기 그

녀는 무언가를 떠올린 듯이 「아!」 하고 소리쳤다.

"있지, 내 연기 어땠어?"

기대에 찬 눈빛으로 물어보는 나나세.

칭찬해달라는 건가? 아니, 실제로 굉장하긴 했는데…….

"저, 저기…… 연기는 잘 모르겠지만 잘했던 것 같아."

"정말?!"

얼굴을 바짝 들이대는 나나세.

잠깐, 너무 가깝잖아.

"저, 정말이라니까."

"그래~ 그거 기쁘네!"

나나세는 생글거리며 기분 좋아했다.

칭찬받은 사실이 상당히 기뻤던 모양이다.

"하지만 솔직히 놀랐어. 설마 나나세가 배우였다니."

"그렇게 대단한 건 아니야. 그냥 소속된 극단의 연극에 나갔을 뿐이니까."

"그것만 해도 굉장한 것 같은데…… 나나세는 더 유명해지고 싶어?"

물어보자 나나세는 조금 생각에 잠긴 듯했다.

그리고 그녀는 내 쪽을 가만히 바라보고는.

"사실 나, 할리우드 배우가 되는 게 꿈이야."

진지한 표정으로 그렇게 말했다.

갑자기 나온 예상 밖의 말에 나는 순간 말문이 막혔다…….

"할리우드 배우라니, 큰 꿈이네."

"그래? 하지만 꿈은 크면 클수록 인생을 풍요롭게 해준다고 어떤 책에서 읽었어."

"어떤 책인지 전혀 모르겠는데……."

뭐, 알게 된다 해도 100퍼센트 안 읽을 테지만.

"그러고 보니 이 방에 유독 책이 많은데, 다 나나세의 꿈과 관련 있는 것들이야?"

주위에 있는 책을 보며 묻자 나나세는 고개를 끄덕였다.

"점심시간이나 극단 연습이 없는 날에는 이 교실에 와서 혼자 연기 연습하거나 감성을 넓히기 위해 소설을 읽었어."

나나세의 이야기를 들은 뒤 나는 별생각 없이 근처 책상 위에 놓인 몇 권의 책 중에 한 권을 적당히 들었다. 연애소설이었다.

책을 대충 읽어본 나는 깜짝 놀랐다.

그 소설에는 등장인물의 대화를 실제로 연기했을 때 어떻게 연기하면 좋을지 고찰한 메모가 빼곡히 적혀있었다.

아마도 이건 나나세가 적은 것으로 이 방에 있는 책 전부에 적혀있을 것이다. 그것만으로 그녀가 꿈에 대해 얼마나 진심인지를 알 수 있었다.

"진지하게 할리우드 배우가 될 생각이구나."

"설마 농담이라고 생각한 거야? 너무하네."

나나세는 토라진 시늉을 했다.

농담이라고 생각하지는 않았지만 설마 그렇게까지 진심이었을 줄은 몰랐다.

"저기, 키리타니는 장래희망이 뭐야?"

갑자기 나나세가 질문을 던졌다.

"갑자기 왜?"

"내가 장래희망을 얘기한 흐름으로 볼 때 이번엔 키리타니의 장래희망을 들어줘야 할 것 같아서."

"그건 또 무슨 배려야."

평소엔 자기 생각대로 행동하는 주제에…….

"그래서, 키리타니의 장래희망은 뭐야?"

"장래희망이라니…… 고등학생한테 그런 게 어딨어?"

나도 유치원이나 초등학교를 다닐 때까지는 꿈이 있었다.

……하지만 이래저래 철들게 된 지금은 없다.

"그런 걸 가져봐도 이룰 수 없을 가능성이 크잖아."

그렇게 중얼거린 뒤, 나는 바로 자신의 실언을 깨달았다.

"미, 미안……."

"사과할 것 없어. 키리타니가 한 말은 사실이니까."

나나세는 그렇게 말했지만 진지하게 꿈을 이루기 위해 노력하는 사람 앞에서 할 말이 아니었다. ……하아, 지금 당장 죽고 싶은 기분이다.

"확실히 꿈은 이루어지지 않는 경우가 더 많아. 하지만 꿈을 갖고 있으면 언제나 있는 그대로의 자신으로 있을 수 있어."

"있는 그대로의 자신……?"

"다시 말해 나답게 있을 수 있다는 거지!"

나나세는 단호히 말했다.

꿈을 가지면 자신답게 있을 수 있다, 라고.

그래서 그녀는 항상 타인과 자기 입장 등을 신경 쓰지 않고 마음 가는 대로 행동할 수 있는 걸가.

"아, 맞다. 키리타니, 좀 부탁하고 싶은 게 있는데."

"부탁? 싫어."

"뭐야, 내용도 듣기 전에 거절하지 마."

나나세가 재빨리 항의했다.

하지만 네 부탁이라면 제대로 된 일이 아닐 것 같다고.

"그럼 일단 물어보긴 할게…… 부탁이라는 게 뭐야?"

내가 조심스럽게 물었다.

"아까 내가 이 교실에서 혼자 연습한다고 말했지?"

"응, 그랬지."

"하지만 역시 혼자서 연습하면 잘 안 느는 것 같달까, 어색하달까, 그런 느낌이야."

"……뭐, 연극은 혼자서 하는 게 아니니까."

"그러니까 키리타니가 앞으로 내 연습을 도와줬으면 좋

겠다~ 싶어서. 구체적으로는 내가 연기하는 역이 아닌 등장인물의 대사를 말해줬으면 해. 부탁해도 될까?"

나나세는 두 손을 맞잡고 부탁했다.

하지만 나는 깔끔하게 말해주었다.

"싫어."

"……미안. 잘 안 들렸어. 한 번 더 말해줄래?"

"뭐? 그러니까 싫다고……."

"음~ 아직 잘 안 들리네. 한 번 더."

"솔직히 너 들렸지?!"

"아, 지금 도와준다고 말했어?"

"내가 언제! 멋대로 날조하지 마!"

정말이지 그녀는 어떻게든 나를 연습에 넣고 싶은 생각인가.

"……그만 교실에 돌아가도 돼?"

"자, 잠깐! 잠깐만! 한 번만 더 이야기를 들어줘!"

자리에서 일어서 필사적으로 말렸다.

"농담처럼 들릴지도 모르지만, 나는 진짜로 할리우드 배우가 되는 게 목표야."

"딱히 농담처럼 들리지는 않는데……."

이 교실에 있는 책의 양이나 아까 본 책에 적힌 메모의 양으로 볼 때 나나세가 꿈에 얼마나 진지한지를 알 수 있었다.

"그러니까 부탁이야! 내 연습을 도와줘!"

"도와줄 사람이 나밖에 없어? 친구는?"

"팬은 그럭저럭 있지만 친구는 좀……."

거기서 말이 끊겼다.

가볍게 부탁할 수 있는 친한 친구가 없다는 뜻이겠지.

무리도 아닌가. 나나세는 교내에서 유명한 트러블 메이커니까.

"……알았어. 나라도 괜찮다면 도와줄게."

"정말?! 신난다!"

나나세가 무척이나 기뻐했다.

솔직히 거절해도 상관없었지만 이렇게까지 필사적인 부탁을 간단히 거절할 수 없었다.

"대신 내가 등교하는 날만. 나는 유급당하지 않을 정도로만 학교에 오거든."

"그거면 충분해! ……근데 그렇구나. 키리타니는 계획 없이 땡땡이치는 게 아니었네."

"땡땡이라고 하지 마."

반론하자 나나세가 쿡쿡 웃었다. 정말 실례되는 녀석이다.

그렇게 생각하고 있는데, 갑자기 나나세가 내 손을 잡았다.

덕분에 내 심박수가 단번에 상승했다.

"앞으로 잘 부탁해! 기대하고 있을게, 키리타니!"

"으, 응…… 뭘 기대하는 건지는 모르겠지만."

그렇게 대답한 나는 바로 그녀에게서 떨어졌다.

갑작스러운 신체접촉은 하지 말았으면 좋겠다. 심장에 해로우니까.

이렇게 나는 나나세의 연기 연습에 어울리게 됐다.

솔직히 평소의 나라면 거절했겠지만, 이때는 신기하게도 진지하게 꿈을 이루려 노력하는 나나세를 도와주는 것도 나쁘지 않겠다는 기분이 들었다.

하지만 이것을 계기로 내 인생이 크게 변할 줄은, 당시에는 전혀 생각지 못했다.

◆◆◆

“다행이다. 키리타니가 도와준다고 해서.”

장소는 여전히 구교사의 빈 교실.

점심을 먹은 나는「메이드의 명추리」대본을 읽으며 중얼거렸다.

지금은 대본을 확인하면서 어제의 반성을 하던 참이다.

참고로 점심을 다 먹은 키리타니는 먼저 교실로 돌아갔다.

여러모로 이야기를 많이 해서 오늘 점심시간은 얼마 남지 않았으니 내일 이후에 연기 연습을 도와달라고 했다.

“키리타니는 어떤 연기를 할까.”

이렇게 말하면 좀 그렇지만 그렇게 잘할 것 같지는 않다.

초등학교 때의 학예회 등에는 거의 말하지 않는 나무와 풀 같은 역할을 맡았을 것 같으니까.

본인에게 확인한 건 아니지만 분명 그럴 거다.

"나무를 연기하는 키리타니를 상상하니, 너무 웃기네."

상상해보니 제법 잘 어울린다. 그리고 꽤 귀여울지도.

"근데 의외로 간단히 도와준다고 했네."

사실은 더 많이 거절할 줄 알았는데.

키리타니는 쌀쌀맞은 것 같은데 제법 자상하네.

처음 등교한 날 사키와 좀 크게 다퉈 맞을 뻔했던 때, 나를 도와줬으니까.

어쨌든 키리타니가 연기 연습을 도와준다고 해서 정말로 다행이야.

물론 내 연기 연습의 질을 높이기 위해서이기도 하지만 키리타니에게 연습을 도와달라고 부탁한 이유는 그것만이 아니다.

그와 알게 되고 일주일 조금 지나니 그런 생각이 들었다.

역시 키리타니는 **그녀**를 닮았구나, 라고.

이대로 시간이 흐른다면 키리타니는 분명 언젠가 후회하게 될 것이다.

그래서 나는 일주일 동안 되도록 많이 키리타니와 대화

해보며 그가 **그녀**와 같은 길을 걷지 않도록 행동했다.

키리타니에게 나다운 부분을 보여주는 것으로.

……하지만 안타깝게도 키리타니는 그다지 달라지지 않았다.

그래서 나는 키리타니에게 연기 연습을 도와달라는 것으로 그와 더 많은 시간을 보내기로 했다.

이것이 키리타니가 연기 연습을 도와달라고 부탁한, 또 다른 이유.

연기할 때의 내가 가장 나다우니까 그런 모습을 제대로 봐줬으면 한다.

키리타니가 **그녀**처럼 되지 않도록.

제2장 과거

“오빠, 오늘도 학교 안 갈 생각이야?”

거실에서 빈둥거리고 있으니 모모카가 매서운 눈초리로 물었다.

“어, 그런데. 안 돼?”

“당연히 안 되지! 벌써 며칠 연속으로 쉬었는데!”

되물어보자 동생에게 혼났다.

나나세의 연기 연습을 도와준다고 약속한 뒤 일주일. 나는 학교에 한 번도 가지 않았다. 하지만 딱히 연습을 도와주기 싫어서가 아니다.

최근 일주일은 평범하게 학교에 가지 않아도 되는 날이 이어졌을 뿐이다.

그 증거로 내 방 달력에는 오늘까지 「쉼」이라고 적혀 있다.

달력에 「쉼」이라고 적은 날은 무슨 일이 있어도 학교를 쉰다.

이것이 오기를 부려서라도 학교에 가고 싶지 않은 내 방식이다.

“그러는 모모카는 학교 안 가도 돼?”

“난 오늘 개교기념일이라 쉬어. 정당한 휴일이야.”

마치 나는 정당하지 않은데 쉬는 것처럼 말하네. 실례잖아.

"엇!"

그때 갑자기 스마트폰의 벨이 울렸다.

바지 주머니에서 꺼내 확인하니 나나세가 RINE을 보냈다.

실은 구교사에서 이런저런 이야기를 나눈 뒤 그녀와 전화번호를 교환했었다.

강제로 교환당했다는 표현이 정확한 건지도 모르겠지만…….

『오늘도 학교 안 올 거야?』

그녀의 연기 연습을 도와주는 건 내가 학교에 갈 때뿐이라고 약속했지만 약속을 나눈 이후 단 한 번도 등교하지 않았으니까.

이런 메시지를 보내는 것도 당연하다. ……그리고 이 메시지에 어떻게 답해야 할까.

오늘도 학교에 갈 생각이 없으니 일단 무시해두자.

지금 가지 않는다고 답장하면 성가신 일이 벌어질 것 같으니까.

"오빠, 내 말 듣고 있어?"

"어? 미안. 안 듣고 있었어."

그렇게 답하자 모모카가 한숨을 쉬었다. 그렇게 반응하지 마. 이 오빠가 슬퍼지잖니.

그렇게 생각하고 있으니 갑자기 인터폰이 울렸다.

"……? 이렇게 이른 시간에 누구지?"

의아한 표정을 한 모모카가 현관으로 나갔다.

그러나 어째서인지 바로 거실로 돌아왔다.

"오빠 있냐는데?"

"나? 누가 왔는데?"

"여자야."

여자? 그럼 혹시…….

내가 다급히 현관으로 가자 거기엔 잘 아는 흰 파카 미소녀가 서 있었다.

"앗, 좋은 아침! 키리타니!"

나나세는 아침 댓바람부터 눈부실 정도로 환한 미소로 인사했다.

"나나세?! 여긴 어떻게?!"

"키리타니가 도저히 학교에 안 와서 연행하러 왔어."

나나세는 뺨을 부풀리며 화를 냈다.

"그, 그건 미안한데…… 우리 집 주소는 어떻게 알아낸 거야?"

"학교에 나오지 않는 키리타니가 걱정된다고…… 그렇게 선생님한테 말하니까 알려주셨어."

"진짜냐……."

선생님이 학생의 주소를 그렇게 간단히 알려줘도 되는 걸까? 아니, 안 되잖아?!

"자, 키리타니! 빨리 학교 가자!"

"아니, 나는 오늘도 학교 쉴 생각이었는데……."
"뭐?! 또 안 가?! 이러다 유급할 거야!"
"제대로 계산했으니까 문제…… 으읍!"
갑자기 입이 막혀 말할 수 없게 됐다.
돌아보니 뒤에서 모모카가 내 입을 막고 있었다. 나는 다급히 동생의 손을 떼어냈다.
"가, 갑자기 뭐야?!"
"모처럼 이렇게 예쁜 사람이 와줬는데 오빠가 멍청한 소리를 하니까 그렇지."
모모카는 그렇게 말한 뒤 나나세를 보았다.
"혹시 오빠 친구세요?"
"아, 네. 키리타니의 친구인 나나세 레나라고 해요."
"전 동생인 모모카예요. 오빠라면 지금부터 학교에 갈 준비를 할테니 밖에서 잠깐만 기다려주실래요?"
"아! 역시 그 유명한 동생이었군요! 키리타니한테서 이야기는 많이 들었어요. 그보다 엄청 예쁘다!"
"어, 고, 고맙습니다. ……오빠. 이게 어떻게 된 거야?"
"어떻게 된 거냐니…… 설명하기 귀찮아."
"제대로 설명해."
모모카가 노려보며 추궁했다. 동생아, 그건 오빠에게 보내도 될 시선이 아니란다.
그 이후 어쩔 수 없이 우리 남매가 보러 간 「메이드 명추리」에 나나세가 출연했고, 그 사실을 둘이서 이야기하면서 내게 여동생이 있다는 사실을 말했다고 모모카에게 설명했다.

"나나세 언니! 사인 부탁해도 될까요?!"

그러자 모모카는 살짝 흥분한 듯이 부탁했다.

연극이나 영화를 좋아하니 진짜 배우를 만난 것이 기쁘겠지.

"아직 부족한 배우라 사인은 부끄럽지만 악수 정도라면……."

"악수라도 좋아요! 부탁드려요!"

나나세와 모모카가 악수했다.

특히 모모카의 표정이 밝았는데, 이렇게 기뻐하는 동생은 처음 봤는지도 모르겠다.

"진짜 기뻐요. 그리고 오빠는 반드시 학교에 보낼게요."

"정말요? 고마워요, 동생분!"

"잠깐. 둘이서 멋대로 얘기해도 난 오늘은 절대로 학교에 안 갈……."

"오빠. 오늘 안 가면 오빠가 제일 좋아하는 게임 소프트를 전부 팔아버릴 거야."

그렇게 말한 모모카의 눈은 진지했다. 이 상황의 동생이라면 진짜로 실행에 옮기리라.

"……알겠습니다. 학교, 가겠습니다."

"그러니 나나세 언니는 안심하고 기다려주세요."

"네! 고마워요!"

모모카가 생긋 웃으며 말하자 나나세가 꾸벅 고개를 숙였다.

왜 일이 이렇게…….

그런 이유로 나는 일주일만에 학교에 가게 됐다.

◇ ◇ ◇

"저, 저는 메이드이지만 추리도, 자, 잘합니다……."

점심시간. 약속대로 나는 구교사에서 나나세의 연기 연습을 도와주고 있었다.

지금은 모모카와 봤던 「메이드의 명추리」를 연습 중인데, 나는 한 손에 대본을 들고서 주인공인 세토미야 나나의 대사를 읽고 있었는데…….

"뭐야, 키리타니. 할 생각은 있는 거야?"

나나세는 팔짱을 끼고서 살짝 화난 듯했다.

"어쩔 수 없잖아. 나는 연기가 처음이니까."

"연기가 서툴다든가 그런 문제가 아니야."

"……? 무슨 말이야?"

"네 연기에는 부끄러움이 있어."

"그야 당연하지. 왜냐하면 이 역할은 누가 봐도 여자가 하는 거잖아.”

세토미야 나나는 이름으로 알 수 있듯이 지금 내가 하는 역할은 여성 메이드라는 설정이다.

그런데 그녀는 남자인 내게 세토미야 나나의 대사를 말하게 했다.

참고로 「메이드의 명추리」가 어떤 스토리인가 하면, 주인공인 세토미야 나나와 나나세가 연기하는 시부노 에리라는 두 메이드가 항상 사건에 휘말리는 주인님을 위해 사건을 해결한다는 내용이다.

기본적으로는 세토미야 나나가 추리하고, 시부노 에리는 그걸 보조하는 역할이다.

“애초에 내 연기는 아무래도 상관없잖아. 이건 나나세의 연습이니까.”

“뭐, 그건 그렇지만~.”

나나세는 그렇게 말한 뒤 손에 든 대본을 덮어 가까운 책상 위에 올려두었다.

“나나 씨! 큰일이에요, 큰일!”

어리숙한 음색으로 다급한 연기를 하는 나나세. 시부노 에리는 맹한 성격인데, 그런 부분이 대사 표현과 세세한 동작으로 잘 전달됐다.

“키리타니, 다음 대사.”

“아, 미안.”

나나세가 재촉하자 나는 대본에 시선을 옮기고 다음 대사를 말했다.

"무, 무슨 일인가요, 에리 씨. 호, 혹시 또 사건인가요?"

"맞아요~! 주인님께서 또 사건에 휘말리신 모양이에요~!"

아직 대사를 두 마디밖에 듣지 못했지만 나나세는 맹한 메이드를 완벽하게 연기했다.

마치 평소의 나나세와는 전혀 다른 사람이 거기에 있는 것처럼.

"키리타니, 또 대사 멈췄어."

나나세의 연기에 빠진 나는 그런 지적을 받고서 다급히 다음 대사를 말했다.

그리고 나와 나나세는 대사를 순서대로 이어 나갔다.

그러던 도중 나는 한 가지 깨달은 사실이 있다.

나나세는 연기할 때 무척이나 활기차다.

평소보다 당당한 면이 더욱 늘어났다고나 할까, 나를 봐주세요, 하는 분위기가 느껴졌다.

그런 그녀는 평소 학교도 착실하게 다니지 않고 빈둥거리며 이렇다 할 의욕도, 꿈도 없는 나와는 정반대로 무척이나 눈이 부셨다.

"방금 대사는 더 간격을 두고, 그 전 대사는 더 강하게 말해야 할까……."

연기 연습이 끝난 후. 나나세는 대본을 들고서 무언가를 적었다.

"뭐 하는 거야?"

"대사마다 어떻게 연기해야 좋을지 적고 있어. 이번 휴일에 또 「메이드의 명추리」 공연이 있으니까."

대답하면서 대본을 바라보는 나나세의 표정은 무척이나 진지했다.

이것이 진지하게 꿈을 향해 도전하는 사람의 모습인가…….

그렇게 생각하니 어쩐지 가슴이 답답해졌다.

"왜 그래?"

내 모습이 이상하다고 느꼈는지 나나세가 얼굴을 들여다보듯 물었다.

동시에 그녀의 아름다운 얼굴이 가까이 다가왔다.

"아, 아무것도 아니야."

"정말? 그럼 됐지만."

내가 얼굴을 돌리며 답하자 나나세는 조금 걱정스러워하면서도 대본에 시선을 돌렸다.

"음, 다음 대사는……."

나나세는 계속 대본에 메모했다. 평소의 소란스러운 그녀가 이렇게 조용해진 모습을 보니 조금 신기한 기분이 들었다.

나나세는 내게 눈길도 주지 않고 작업에 몰두했다.

지금의 나나세는 분명 꿈을 향해 나아가고 있었다. 이것이 그녀가 전에 말한 꿈을 갖고 있으면 항상 있는 그대로의 모습으로 있을 수 있다는 것일까.

그리고 그런 그녀를 줄곧 바라보고 있으니.

"……좋겠다."

무심코 나온 말에 놀랐다.

나나세는 여전히 대본에 메모하는 작업에 집중하고 있다. 아무래도 듣지 못한 모양이다.

방금 한 말은 분위기에 휩쓸려 나온 말이었을까, 그게 아니면…….

잠시 생각했지만 결국 해답은 나오지 않은 채 점심시간이 끝났다.

◇◇◇

"여, 카케루!"

수업 사이의 쉬는 시간. 다음 수업은 교실 이동이라 복도를 걷고 있으니 슈이치와 만났다. 그는 여느 때처럼 산뜻한 미소를 떠올리며 손을 흔들었다.

"슈이치, 오랜만인 것 같네."

"그야 요즘 네가 학교를 계속 쉬었으니까 그렇지. 방심하면 유급할 거다."

"그건 제대로 계산하고 있으니 괜찮다니까. 1학년과 2학년 때도 문제없이 진급했잖아. 이쪽은 실적이 있다고."

"그런 걸 자랑스럽게 얘기하기는."

슈이치는 쓴웃음을 지으며 그렇게 답했다.

"그러고 보니 너하고 나나세는 언제 친해진 거야?"

"어? 갑자기 무슨 말이야?"

"소문이 있던데? 사귄다느니 어쩐다느니."

"……엥? 왜 그런 소문이 도는 거야?"

"오늘 점심시간 때 너희 둘이서 어딘가 가는 걸 봤다고 하더라. 그것도 나나세의 팬이 말이야."

"……그, 그렇구나."

분명 구교사에 갈 때다. 그 부근은 사람이 오지 않으니 그런 생각을 못 했는데 조금 더 주의해야 했었는지도 모른다.

"하지만 그렇게 어둡고 영문 모를 녀석이 나나세의 연인일 리가 없다고 팬들 사이에서 결론이 지어졌다더라고."

"그게 뭐야. 좀 너무하잖아."

뭐, 이상한 오해를 사지 않아 다행이지만.

"그래서, 사실은 어때?"

"나하고 나나세? 아무것도 아니야."

"정말?"

"히죽거리면서 묻지 마라."

무슨 억측을 하는 거야, 이 미남은.

"미안. 너의 그런 이야기는 중학교 때를 포함해 처음이어서 그만. 하지만 설마 상대가 그 나나세라니……."

"그러니까 아무것도 아니라고 했잖아. 계속 그런 소리나 하면 여자친구에게 차이기를 기도해주마."

"야, 무서운 소리 마. ……하지만 나나세가 아니더라도 좋아하는 사람이 생기면 나한테 얘기해. 연애 마스터이신 이 몸께서 지도해줄 테니까."

"그래, 그래."

이대로 가다간 슈이치의 이야기가 끝나지 않을 것 같으니 나는 적당히 대답했다.

내가 누군가를 좋아한다고?

이렇다 할 이유가 있는 건 아니지만 아마 그런 일은 없을 것이다.

누군가를 좋아하게 된 자신을 상상할 수 없으니까.

그렇게 생각하면서 나는 슈이치와 헤어지고 다음 수업이 있는 교실로 이동했다.

◇ ◇ ◇

그리고 며칠 후. 나는 등교한 날에는 점심시간 동안 구교사에서 나나세의 연기 연습을 도와줬다. 여전히 나나세는 대사를 말하고는 대본에 메모하며 필사적으로 연기를 더 잘하기 위해 애썼다.

솔직히 그 노력은 굉장하다고 생각하고 가능하다면 꿈이 이루어졌으면 좋겠다고 생각했다.

하지만 꿈을 향해 나아가는 그녀를 보고 있으면 마치 지금의 내 삶을 부정하는 것만 같이 정말 복잡한 기분이 들었다.

"오늘도 집에 가면 게임하고 만화나 봐야지."

방과 후. 나는 빨리 돌아가기 위해 홀로 복도를 걷고 있었다.

그러자 뒤에서 다급한 발소리와 함께 귀여운 목소리가 들렸다.

"잠깐만! 키리타니!"

돌아보자 나나세가 이쪽을 향해 달려왔다.

"그렇게 급히 뛰어오고, 무슨 일이야?"

"……하아, 키리타니는…… 하아, 교실에서 나가는 게 너무 빠르잖아……."

나를 따라잡은 나나세는 숨을 고르며 무릎에 손을 얹었다.

그런 말을 해도…….

"저기…… 오늘 말이지, 실은 내가 속한 극단의 연습이 있는데, 혹시 괜찮으면 보러오지 않을래?"

나나세는 호흡을 가다듬은 뒤 그런 말을 했다.

"극단의 연습? 왜 내가?"

"괜찮아! 분명 재밌을 테니까!"

"딱히 재밌는지를 걱정하는 건 아닌데……."

나나세가 엄지를 척 들어 보이자 황당해진 나는 이마에 손을 얹고 그렇게 답했다.

"뭐어~ 그럼 뭐가 문젠데?"

"문제야 많지. 애초에 극단 연습에 내가 가야 하는 의미를 모르겠고."

"그럼 어떻게 하면 연습을 보러 와줄 거야? 모처럼 이런 미소녀가 같이 가자고 하는데……."

"자신을 미소녀라고 하다니."

그리고 미소녀가 같이 가자고 한다면 데이트가 좋다.

"너희 꽤 즐거워 보인다?"

갑자기 날카로운 목소리가 들렸다.

바라보니 거기엔 아야세와 그 친구들, 타카하시와 타치바나가 있었다.

"사키, 지금 중요한 얘기 중이야. 이런 때까지 괜히 시비 걸지 말아줄래?"

"중요한 이야기는 아니었는데."

내가 그렇게 덧붙이자 나나세가 힐끔 눈을 흘겼다. 아니, 사실이잖아.

"혹시 말인데, 레나 너 그 음침한 애하고 사귀니?"

아야세가 비웃듯이 물었다.

이 녀석, 나를 나나세를 놀리기 위한 재료로 삼았잖아.

"뭐야~ 그런 거야? 나나세도 참 악취미다~."

"나, 나는……."

타카하시는 아야세의 말에 뒤를 이었지만 타치바나는 어떻게 말해야 좋을지 곤란한 듯한 모습이었다.

"무슨 중학생이나 할 소리를 하는 거야? 촌스럽긴."

나나세는 어깨를 으쓱이며 황당하다는 듯이 그렇게 쏘아붙였다.

여전히 여자들의 리더 격인 상대로 굉장한 태도를 보이는 녀석이다.

나는 절대로 흉내 낼 수 없다.

덕분에 너무나도 직설적인 나나세의 말에 아야세는 분한 듯이 입술을 깨물었다.

"그보다 사키, 이제 타치바나한테 심한 짓 하지 않지?"

이번엔 나나세가 그렇게 물었다.

내가 신학기 이후 처음으로 등교한 날. 심부름을 하게 될 뻔한 타치바나를 나나세가 도와주었다.

이후 나나세는 타치바나가 그런 대우를 받지 않도록 주의 주었고, 그 덕분인지 적어도 눈에 보이는 범위에서는 타치바나를 심하게 대하지 않았다.

"너하고는 상관없잖아."

"그 말은, 혹시 너……."

아야세의 말에 나나세가 눈을 가늘게 뜨고 노려보았다.

어쩐지 싸움이 벌어질 것만 같은 예감이…….

"나, 나나세, 나는 괜찮아."

타치바나가 그러자 위험한 분위기를 알아차렸는지 둘 사이에 끼어들었다.

"정말?"

"으, 응. 애초에 사키는 그렇게 나쁜 아이가 아니니까……."

그럴 리가 없잖아. 나는 그렇게 생각했지만 어째서인지 타치바나의 말은 거짓처럼 들리지 않았다.

혹시 그렇게까지 나쁜 녀석은 아닌 걸까…… 아니, 역시 그렇지 않은 것 같다.

"아, 사키! 슬슬 가지 않으면 역 앞에 새로 생긴 카페에 사람이 붐빌 거야!"

갑자기 타카하시가 말을 꺼내자 아야세는 스마트폰으로 시간을 확인했다.

"아, 정말이네! 빨리 가자!"

그렇게 아야세 일행은 다급히 떠나려 했다.

"뭐야, 먼저 괜한 트집을 잡아놓고서. 미안하다는 말도 없어?"

"시끄럽네. 이쪽도 예정이 있어."

그렇게 말한 아야세는 다른 두 사람을 데리고 떠났다.

"뭐야, 저 태도는. 진짜 여전하네."

"그러게."

그렇게 대답하면서도 나는 어딘가 살짝 위화감이 느껴졌다.

어째서 아야세는 저렇게까지 나나세를 도발하는 걸까. 단순한 안티치고는 집요한 것 같은데. ……뭐, 내 지나친 생각인지도 모르지.

"키리타니, 왜 그렇게 멍하니 있어?"

그런 생각을 하고 있으니 나나세가 그렇게 물었다.

"딱히 아무것도 아니야. 잠깐 생각 좀 했어."

"그래. ……그럼 지금부터 극단 연습을 보러 와줄 거지?"

"아니, 안 간다니까."

"어휴, 포기를 모른다니까."

나나세는 그렇게 말하며 뾰로통한 표정을 했다.

포기할 줄 모르는 게 누군데. 강제로라도 연습을 보러오게 하려고 하다니.

난 절대로 가지 않을 거라고.

◇◇◇

"어째서 이렇게 된 거지……."

그렇게 중얼거린 나는 한숨을 크게 내쉬었다.

그 이유는 지금 내가 나나세가 소속한 극단, 「유나기」의 연습실에 왔기 때문이다.

연습실 위치는 학교에서 가까운 역 근처에 있는 극장.

전에 나와 모모카가 「메이드의 명추리」를 봤던 곳과 같은 곳이다.

그런데 어째서 이런 곳에 오게 됐는가 하면 나나세가 하교 중에 줄곧 따라오며 많은 사람이 오가는 길거리 한복판에서 몇 번이고 고개를 숙였기 때문이다.

어째서 나나세가 그렇게까지 필사적이었는지는 모르겠지만 그렇게까지 하는데 거절할 수 없었던 나는 어쩔 수 없이 「유나기」의 연습을 견학하게 됐다.

제대로 허가를 받은 나는 제일 앞자리에서 견학하게 됐다.

"나나 씨! 큰일이에요, 큰일!"

무대 위, 배우들 사이에서 「메이드의 명추리」의 주인공을 돕는 맹한 메이드인 시부노 에리 역할을 맡은 나나세가 연기했다. 마침 나와 연습했던 장면이다.

연습할 때와 마찬가지로 맹한 목소리와 연기였는데, 역시나 상당히 능숙했다.

"무슨 일인가요, 에리 씨. 혹시 또 사건인가요?"

주인공 메이드인 세토미야 나나를 맡은 여성이 아름다운 목소리로 연기를 선보였다.

상대도 배우라서 상당한 연기다. 당연하지만 초보자인

나와는 수준이 달랐다.

"맞아요~! 주인님께서 또 사건에 휘말리신 모양이에요~!"

다음은 다시 나나세의 대사. 딱히 모난 곳 없이 시부노에리라는 역할을 잘 연기했다.

세토미야 나나 역의 배우의 연기를 본 후이지만 나나세의 연기는 다른 배우와 비교해 전혀 손색이 없는 것 같았다. 나는 연기를 잘 아는 게 아니라 정확한지는 자신이 없지만.

하지만 이렇게 무대 위에서 연기하는 나나세를 보니 확실히 배우라는 생각이 들었다.

그 후에도 이어진 연습에서 나나세는 연기를 계속했다.

기분 탓인지는 모르겠지만 모모카와 봤을 때보다 더 능숙해진 것만 같았다.

분명 점심시간에 대본에 메모하며 연습한 성과가 아닐까.

그리고 그녀는 정말이지 즐거운 듯이 연기했다.

이것이 내가 좋아하는 일이라고 말하는 것처럼.

"멋지네……."

연기하는 그녀를 보고서 나도 모르게 그런 말이 나왔다.

솔직히 멋지다는 생각이 들고 말았다.

평소 나나세는 타인을 배려하지 않고, 그곳의 분위기도 신경 쓰지 않고 당당히 자신이 하고 싶은 일을 하며 하고 싶은 말을 한다.

그런 부분이 그녀의 연기에 영향을 주는 것만 같아서 끌리는 건지도 모른다.

"어때? 즐겁게 보고 있니?"

목소리가 들린 쪽으로 시선을 돌리니 30대 정도의 아름다운 여성이 이쪽으로 다가오고 있었다.

그리고 그녀는 내 옆자리에 앉았다.

"아, 안녕하세요. 나나세와 같은 반인 키리타니 카케루입니다. 저기……."

"하스카와 아케미야. 이 극단의 각본가와 단장을 맡고 있어."

"다, 단장님이요?! 겨, 견학하게 해주셔서 감사합니다!"

"아니, 레나의 친구라면 환영이지."

단장님은 어른스럽고 아름다운 미소를 지었다. 아름답다. 나나세와는 전혀 다르다.

"저…… 질문 하나 해도 될까요?"

"그래."

"그게…… 나나세는 여기서 어떤가요?"

"레나? 단원 중에서 가장 나이가 어려서 귀여움받고 있어."

"……그런가요."

의외다. 저 나나세가 귀여움받다니.

"하지만, 그러네……."

단장님은 그렇게 말하고 잠시 뜸을 들인 뒤.

"조금 건방진가?"

생긋 웃으며 그렇게 말했다.

"……그, 그런가요."

이상하다. 아까와 같은 미소인데 엄청 무섭다.

나나세, 너 대체 단장님한테 무슨 짓을 한 거야.

"하나씩 따지자면 많지만, 제일 건방진 건 내게 거스르는 점일까?"

"거스른다고요?! 그것도 단장님한테요?"

"그래, 맞아."

단장님이 살짝 끄덕였다.

확실히 나나세라면 그럴 법하지만, 정말로 그런 거야?

여기는 학교가 아니니까 단장님의 농담일 가능성도…….

"아케미 씨! 잠깐 괜찮으세요?"

연습하는 도중 무대 위에서 나나세가 손을 들고 단장님을 불렀다.

"어머, 마침 시작됐네."

"정말이네요……."

내가 놀라자 단장님이 웃었다.

그리고 무대에서 내려온 나나세가 대본을 들고 단장님 옆으로 다가왔다.

"레나, 무슨 일이니?"

"이 장면 말인데요, 연기할 때 무대를 좀 더 넓게 써도 될까요?"

"거긴, 그러네……."

단장님은 나나세가 보여준 대본을 진지하게 바라보았다.

단원 한 명의 의견에 불과한데 이렇게까지 진지하게 생각해주는구나.

"그 장면에서 무대를 넓게 쓰면 네 역할이 너무 돋보여서 안 돼."

그리고 단장님은 나나세의 의견을 거부했다. 보통이라면 여기서 대화가 끝날 것이다.

그러나 나나세는 달랐다.

"여기는 제 역할이 돋보여도 그렇게 이상하지 않은 것 같은데요."

"아니, 그렇지 않아. 여기는 세토미야 나나가 추리를 선보이는 장면이잖아. 여기서 제일 돋보여야 하는 건 나나야."

"하지만 제가 맡은 시부노 에리도 추리 중인 나나를 돕고 있잖아요."

"그래도 이 장면에서는 주역인 나나를 돋보이게 하고 싶어. 그러니 네 의견은 안 돼."

"끄으응……."

단장님이 재차 거절해도 나나세는 아직 포기할 수 없는 듯했다.

극단에서 제일 높은 사람을 상대로 이렇게까지 자기 의

견을 말하다니, 어떤 의미로는 굉장하다.

나라면 절대로 할 수 없을 것이다.

그 이후로도 몇 번인가 대화를 주고받은 뒤에야 나나세는 단장님의 말을 받아들였다. 그 후, 연습이 다시 시작됐다.

"그것 봐, 건방지지?"

"그러게요. 하지만 학교에서도 저런 느낌이에요."

"정말? 그거 힘들겠구나."

단장님이 쓴웃음을 지었다. 정말 그래요. 큰일이라고요…….

"하지만 각본을 만드는 사람으로서는 나나세처럼 의견을 말해주는 사람이 있으면 고마워. 아무래도 혼자서 작업하면 시야가 좁아지니까."

"그렇군요. 그럼 나나세는 단장님에게 큰 피해는 끼치지 않는 거네요."

"뭐, 그렇지. 레나가 연기에 몰두하는 건 잘 알 수 있으니까."

나나세가 연기에 진심인 것을 알고 있다. 누가 뭐래도 그녀의 꿈은 할리우드 배우니까.

"그리고 레나는 연기할 때 에너지가 넘쳐. 난 저 아이의 그런 점을 좋아해."

"아, 그건 알 것 같아요."

나는 단장님의 말에 동의한 뒤 연습하는 나나세에게 시

선을 옮겼다.

연기하는 그녀는 즐거워 보였다.

그리고 그 모습을 본 나는 복잡한 기분이 들었다.

언제 어디서든 타인에게 휘둘리지 않고 자신답게 행동하며 꿈을 향해 나아가는 인생을 지향하는 나나세.

반면 학교에 거의 나가지 않고 이렇다 할 목표도 없이 중요할 때도 분위기에 휩쓸려 나태한 나날을 보내는 나.

이때 나는 그런 생각이 들었다.

정말, 이대로여도 괜찮은 건가.

◇ ◇ ◇

"자, 가자! 내가 사는 거야!"

연습이 끝난 뒤, 나와 나나세는 극장 근처의 패밀리 레스토랑에 들어왔다.

나는 빨리 돌아가려 했지만 나나세가 억지로 연습을 견학하게 한 것에 대한 사과라며 꼭 한턱내겠다고 하기에 그녀를 따라왔다.

오늘 아침 부모님은 일 때문에 늦어질 거라고 했으니 어차피 집에 돌아가도 저녁밥은 없다.

이럴 때 모모카는 친구와 저녁을 먹고 들어오니 오늘은

나도 나나세에게 신세 지도록 하자.

“나는 치즈 햄버그스테이크 세트로.”

“그럼 나는 오므라이스로 할까~.”

서로 메뉴판에서 원하는 음식을 정하자 나나세가 점원을 불러 두 사람 몫을 한 번에 주문했다. 참고로 그녀는 지금도 트레이드마크인 흰색 파카를 입고 있다.

“그래서, 어땠어?”

“뭐가?”

“연기 연습 말이야. 뭔가 깨달은 거 없어?”

“깨달은 거?”

되묻자 나나세는 고개를 끄덕였다.

연기에 관해 묻는 건가?

“나나세는 연기를 잘하는 것 같던데.”

“어, 고, 고마워…….”

나나세가 허를 찔린 것처럼 얼굴을 붉히며 그렇게 답했다.

“근데 그게 아니야. 그런 게 아니라…….”

“그게 아니라는 게 무슨 말이야? 다른 사람을 칭찬하고 그런 소리를 들은 건 처음이네.”

“그건 미안하지만…… 다른 거 뭐 없었어?”

나나세가 진지한 표정으로 물었다.

아무래도 장난치는 게 아닌 모양인데, 연기 말고 다른 게 없었는지 물어봐도…….

"아, 키리타니잖아!"

갑자기 이름이 불렸다. 남자 목소리였다.

돌아보니 거기엔 우리와 다른 교복을 입은 남학생 셋이 있었다.

불량한 태도에 교복도 나쁜 의미로 가볍게 입고 있었다. 그리고 그들은 내가 아는 사람들이었다.

"오랜만이네, 키리타니."

"여자랑 있잖아."

"거기다 귀엽기까지. 이거 웃기네."

남학생들은 우리에게 다가와 그런 식으로 저마다 말을 걸었다.

"다, 다들 오랜만이네."

나는 어색한 미소를 하고 말을 더듬으며 그렇게 답했다.

"이 사람들, 키리타니하고 아는 사이?"

"어? 으, 응. 뭐……."

나나세의 질문에 나는 망설이듯 어중간하게 대답했다.

그러자 세 사람 중에 가운데에 있던 남학생이 확실히 대답했다.

"우리는 키리타니하고 같은 중학교를 나왔거든. 그렇지?"

"그, 그래……."

그렇다. 세 사람 모두 나와 같은 중학교 출신으로 일단은 나와 친구 사이.

이름도 기억한다. 이토, 스가와라, 야마구치. 지금 나를 대신해 대답한 녀석이 이토다.

"야, 키리타니, 우리도 여기 앉아도 돼?"

"어, 그건……."

"괜찮지? 그리고 뭐 좀 사줘. 우리 요즘 돈이 없어서."

이토는 사양하지 않고 이것저것 주문했다.

"사, 사달라니……."

"부탁 좀 하자."

이토는 미안한 듯한 시늉을 했지만 대부분의 사람은 이것이 진심이 아니라는 것을 알 것이다.

보통은 거절하겠지만 나는 안 된다고 말하지 않고 있었다.

만약 거절하면 어떤 짓을 당할지 알 수 없으니까.

그러자.

"너희, 오랜만에 만난 동급생한테 사달라는 건 실례 아니야?"

나나세가 날카로운 목소리로 말했다.

"뭐? 갑자기 무슨 소리래?"

"그건 이쪽이 할 말이지. 아무리 봐도 키리타니가 싫어하잖아. 그것도 모르는 걸 보니 원숭이보다 못하네?"

"뭐?! 귀엽게 생겼다고 나대지 말라고!"

이토가 나나세를 노려보며 말하자 다른 두 사람도 뒤를

이었다.

“우리가 우습나 보네.”

“우리는 여자라고 안 봐준다.”

위압적인 태도를 보이는 세 사람.

보통은 겁을 먹고 목소리도 나오지 않을 상황이다.

그러나 역시나 나나세는 주눅 들지 않고 오히려 세 사람을 노려보았다.

“너희야말로 여자를 얕보면 안 돼. 조심하지 않으면 큰일 날걸?”

“큰일? 그거 재밌네.”

“어디 해봐~.”

“대체 어떤 일을 당하려나~.”

그렇게 이토 일행은 껄껄 웃으며 놀렸다.

“그러게…….”

그런 그들에게 나나세는 입고 있던 파카 주머니에서 스마트폰을 꺼냈다.

“예를 들어 경찰이 여기에 오면 어떻게 될까?”

스마트폰 화면을 이토 일행에게 보여주며 그렇게 말했다.

거기다 농담이 아니라 화면에는 「110[#3]」 번호가 표시되어 있었다.

잠깐, 잠깐?! 아무리 그래도 그건 위험하잖아?!

#3 110 일본의 경찰서 연락 번호는 110이다.

"이 녀석, 진짜냐?! 정신 나간 거 아니야?!"

"제정신 아니네!"

나나세의 놀라운 행동에 스가와라와 야마구치가 당황했다.

"이 녀석 진짜로 위험한 놈이네…… 말려들기 전에 그냥 가자."

이토도 창백해진 표정으로 말하자 세 사람 모두 자리에 앉지 않고 가게를 나갔다.

그런 세 사람의 뒷모습을 본 나는 가슴 언저리가 시원해졌다. ……하지만.

"……정말로 신고한 거야?"

"응, 해버렸어."

나나세는 덜렁이 캐릭터처럼 귀엽게 머리를 두드렸다.

농담할 때가 아니잖아.

"하지만 연결되기 전에 끊었어."

"그래도 안 돼. 그보다 바로 전화가 걸려 올 거라고."

그렇게 말한 순간, 나나세의 스마트폰에 벨이 울렸다. 예상대로 경찰이었다.

"키리타니, 어떡하지?"

"어떡하냐니……."

제아무리 나나세라 해도 경찰은 무서운 듯하다.

솔직히 나도 상당히 무섭다고.

하지만 그녀는 나를 도와주려 한 거니까…….

"어쩔 수 없네. 내가 설명할게."

나는 나나세에게서 스마트폰을 받았다.

"고, 고마워……."

"그건 내가 할 말이야. 그…… 도와줘서 고마워."

그리고 나는 전화를 받고 경찰에게 이런저런 사정을 설명했다.

당연하지만 엄청 혼났다.

◇◇◇

"아, 큰일이었어……."

우리는 잔뜩 혼난 뒤 패밀리 레스토랑에서 식사를 마쳤다. 그 후 가게를 나와 지금은 둘이서 나란히 걷고 있었다. 고개를 드니 하늘은 이미 어두웠다.

"미안, 키리타니."

"사과할 것 없어. 나나세는 나를 도와준 거니까."

그래도 나나세는 미안한 표정이었다.

신경 쓸 것 없는데…….

"저기, 방금 그 애들 키리타니하고 친구야?"

"뭐, 일단은 중학교 때 친구야."

중학교 때 나는 이토 일행과 매일 함께 보냈다.

슈이치와도 이야기하거나 놀기도 했지만 주로 그들과 함

께했다.

"실은 중학교 때 저 녀석들하고 같이 다녔는데, 방금 같은 일이 많아서 솔직히 갑갑했었어."

지금도 그렇지만 중학교 때의 나는 특히나 분위기에 맞추는 타입이었다.

덕분에 일행 중에서 내 발언력이 제일 약했고, 간단히 말해 아야세 일행의 타치바나와 같은 입장이었다.

어디 놀러 갈 때도 가고 싶은 곳을 말하지 못하고 부탁받으면 거절하지 못하는 괴로운 시간을 보냈다.

"그랬구나……."

과거의 일을 설명하자 나나세는 슬픈 듯이 고개를 숙였다.

"응. 그래서 중학교 때는 전혀 즐겁지 않았어."

일일이 주변에 신경을 썼었고, 유일하게 즐거웠던 시간은 슈이치와 대화할 때 정도일까.

그들과는 수학여행 때 우연히 같은 방이 된 이후 이야기하다보니 신기하게도 마음이 맞아 친구가 됐다.

"혹시 키리타니가 지금 학교에 잘 안 나오는 건 그게 원인이야?"

"……뭐, 그렇지."

중학교 때처럼 친구들이 생기고 다른 사람에게 맞추거나 싫어하는 일을 떠맡게 되는 등 그런 일이 싫어서 고등학생이 된 나는 되도록 학교에 가지 않으려 했다.

그러면서도 학교에 갈 때는 주변 분위기에 맞췄었지.

"하지만, 최근엔 그런 생각이 들었어."

"어떤 생각?"

내 말에 나나세가 고개를 갸웃했다.

"나나세는 어떤 때라도 자신을 굽히지 않는달까, 누군가에게 영향받지 않고 당당하게 행동하잖아? 그런 너를 보니 나는 이대로여도 괜찮은 건가 싶어졌어."

어중간하게 학교를 다니며 아쿠츠와 나나세처럼 힘이 강한 사람의 말을 따르고, 학교에 나가지 않을 때는 게임을 하거나 만화를 읽을 뿐.

나나세를 보고 있자니 이대로는 안 될 것만 같아 반대로 어느샌가 그녀를 부럽다고 생각하게 됐다.

"키리타니……."

내가 말한 뒤 나나세는 조금 놀란 듯이 아름다운 눈을 크게 떴다.

"저기…… 나는 키리타니가 학교에 잘 나오지 않는 건 그렇게 큰 문제가 아니라고 생각해. 중요한 건 네가 이 순간에도 자신이 하고 싶은 걸 하는 건지야."

"내가 하고 싶은 일?"

되물어보자 나나세는 고개를 끄덕였다.

"응. 너도 알다시피 나는 어떤 때라도 내가 하고 싶은 걸 해. 그리고 그런 인생이 정말 즐거워!"

나나세는 그렇게 말하고 생긋 웃었다.

돌이켜보면 확실히 그녀는 어떤 때라도 즐거워했던 것 같다.

“그러니 앞으로 네가 항상 자기가 하고 싶은 걸 생각하며 보내면 되는 거 아닐까? 그럴 수 있으면 분명 매일이 즐거워질 거야!”

“내가 하고 싶은 일이라…….”

지금까지 다른 사람에게 맞추기만 하느라 진지하게 생각해본 적이 없었다.

하지만 그렇게 해서 지금의 어중간한 내 인생을 조금이라도 바꿀 수 있다면…….

“알았어. 솔직히 당장 할 수 있을지는 모르겠지만 네 말대로 해볼게.”

나는 그렇게 답한 뒤 조금 멋쩍어하면서도 말을 이었다.

“……나나세, 고마워.”

“후후, 천만에.”

나나세는 그런 말과 함께 미소를 보여주었다.

지금까지는 자신에게 다소 걸리는 점을 느낄 때가 있었지만 그렇게까지 진지하게 생각해본 적이 없었다.

하지만 항상 자신답게 행동하려는 나나세 덕분에 조금씩이지만 자신을 바꿀 수 있을지도 모르겠다.

◇◇◇

다음 날 아침. 나는 일어나 달력을 확인했다.

참고로 어제는 그 이후 나나세와 시시콜콜한 이야기를 나눈 뒤 그대로 헤어졌다.

……그리고 달력을 체크하니 오늘 날짜에 「쉼」이라고 적힌 것이 한눈에 보였다. 다시 말해 오늘은 학교를 쉬어도 괜찮은 날이다.

"어떡할까."

어젯밤 나나세는 학교에 잘 나오지 않는 게 문제가 아니라 항상 자신이 하고 싶은 일을 하는지가 중요하다고 말했다.

그러나 집에 있어도 나다운 건지 물으면…….

"준비나 할까."

그렇게 중얼거린 나는 학교에 갈 준비를 시작했다.

가방에 교과서를 넣고 교복을 입었다.

그리고 달력의 오늘 날짜에 적힌 「쉼」이라는 글자를 지운 뒤 방을 나왔다.

그때, 내 마음은 조금 두근거렸다.

◆◆◆

"키리타니가 잘 알아줬어."

그와 이런저런 이야기를 나눈 다음 날 아침.

세면대 거울을 바라보며 머리와 교복 등을 정돈하며 중얼거렸다.

"그러니까 내 노력이 소용없었던 게 아니라는 거지."

최근 며칠 동안 학교에서 연기 연습과 어젯밤 극단 연습으로 가장 나답게 있을 수 있는 모습을 키리타니에게 보여주었다.

그걸로 「그녀」와 닮은 그에게 뭔가 좋은 영향을 줄 수 있기를 바라며.

솔직히 키리타니가 아무것도 느낀 바가 없다 해도 어쩔 수 없다고 생각했지만, 그는 이대로여도 괜찮을지 생각하게 됐다는 이야기를 해주었다.

키리타니는 변하려 한다.

"갑자기 변하지는 않겠지만. 오늘부터 새로운 키리타니를 볼 수 있을지도!"

만약 자신처럼 파카 같은 걸 입고 오게 된다면 어떡하지?

……아니, 그건 그것대로 귀엽고 재밌을지도!

뭣하면 남는 파카도 있으니 나와 같은 옷을 키리타니에게 입혀볼까!

"이랬는데 설마 학교에 안 나오지는 않겠지?"

키리타니라면 어제 둘이서 그런 이야기를 했어도 아무렇지도 않게 학교에 안 나올 것도 같다.

"하지만 다행이야. 조금이나마 키리타니에게 도움이 돼서."

나는 안도하듯 그렇게 말했다. 이건 그에게 직접 한 말이기도 하지만 학교에 나오는지 안 나오는지는 그다지 중요한 문제가 아니다.

그것보다 그가 자신답게 살고 있는지가 중요하다.

……하지만 이걸로 키리타니가 「그녀」처럼 될 걱정은 조금은 덜어낸 듯하다.

"오늘은 학교에 나오려나."

그렇게 중얼거리며 거울을 보니 눈앞의 내가 살짝 웃고 있었다.

"이건 그거네. 이 얼굴은 키리타니가 학교에 와주길 바라는 얼굴이야."

거울에 비친 자신에게 탐정처럼 말해봤더니 역시나 어울렸다.

그때 문뜩 나는 생각했다.

키리타니와 알게 되어 내 인생은 전보다 더 즐거워졌을지도 모른다고!

키리타니
New

제3장 키리타니 카케루와『그녀』

“음, 그럼 우리 3학년 A반의 세이란제 참가 항목은「로미오와 줄리엣」연극으로 정해졌습니다.”

신학기가 시작되고 2개월이 지났을 무렵.

학급 활동 시간, 우리 반이 세이란제에 관해 이야기한 끝에 문화제 실행위원인 남학생이 모든 학생에게 들리도록 그렇게 말했다.

세이란제란 소위 말하는 학교 축제다.

3학년의 세이란제의 참가 항목은 연극으로 지정되어 있는데 무엇을 할지는 자유롭게 고를 수 있기에 우리 A반은 다수결 투표 끝에「로미오와 줄리엣」으로 정해졌다.

이유는 제일 유명하고 관객도 보기 쉬울 것 같기 때문.

“로미오와 줄리엣이라니…….”

옆자리 나나세가 살짝 불만스러운 투로 중얼거렸다.

당연하게도 오늘도 교복 블라우스 위에 친숙한 파카를 입고 있었다.

“나나세는 싫어?”

“아니, 딱히 그런 건 아닌데…….”

“그럼 왜?”

“로미오와 줄리엣은 해피 엔딩이 아니잖아.”

"뭐, 그렇긴 한데……."

"나는 배드 엔딩은 별로거든."

나나세는 팔짱을 끼고서 살짝 강한 어투로 호소했다.

평소 1분 1초를 전력으로 즐기는 그녀를 보면 배드 엔딩을 좋아하지 않는 것도 어쩐지 이해가 됐다.

"나나세는 「신데렐라」가 좋다고 했지?"

"응. 그건 해피 엔딩이니까."

"나나세가 연극을 고르는 기준은 그것밖에 없네……."

뭐, 나도 비극보다 희극이 좋지만.

"그럼 키리타니는 무슨 역할 할 거야?"

"어? 연극에서?"

"연극이 아니면 뭐겠어……."

나나세가 조금 황당하다는 듯이 말했다.

"나는 그냥 스태프면 돼. 무대장치 담당이라든가."

"뭐?! 고교생활 마지막 세이란제인데 고작 그거면 된다고?!"

나나세는 깜짝 놀랐지만 나는 처음부터 중요한 역할을 맡을 생각이 없었다.

딱히 연기가 싫은 건 아니지만, 그것보다 무대장치처럼 뭔가를 만드는 쪽이 좋았다.

……그렇게 내가 설명하니.

"좋다면 됐어!"

나나세는 엄지를 들어 보이며 웃었다.

아직 조금씩이지만 나는 스스로 하고 싶은 일을 하려고 한다.

"그럼 나나세는 무슨 역할을 하고 싶은데?"

"물론 줄리엣이지!"

달려들 듯이 그렇게 답한 나나세.

그런 그녀의 눈동자가 예쁘게 반짝였다.

"하지만 로미오와 줄리엣은 별로 안 좋아한다며?"

"그렇지만 줄리엣은 굉장히 좋아해."

물어보니 정말이지 나나세다운 대답이 돌아왔다.

이 반에는 나나세만큼 연극에 관심이 있을 법한 사람이 없으니 분명 나나세가 연기하게 되겠지.

"그럼 다음은 배역을 정하고 싶은데 우선 줄리……."

"저요! 저요, 저요!"

문화제 실행위원이 말을 마치기도 전에 나나세가 손을 들어 어필했다.

역시나 나나세. 덕분에 문화제 실행위원이 당황한 표정을 떠올렸다.

"그럼 또 줄리엣 역할을 맡고 싶은 사람은 없나요?"

문화제 실행위원이 반 아이들에게 물었다.

그러나 반응이 없었다.

초등학생이라면 단순히 눈에 띄고 싶은 아이가 주역을

맡겠지만 고등학생이라면 대사가 많아 외우기 힘드니 나서서 주역을 맡으려는 사람은 별로 없을 것이다.

그야말로 나나세처럼 연기하는 걸 좋아하지 않는 한은.

"그럼 줄리엣 역할은 나나세가 맡게 되었……."

"잠깐!"

줄리엣 역할이 나나세로 정해지려던 순간, 교실에 날카로운 목소리가 울렸다.

목소리의 주인공은 아야세였다.

혹시 또 나나세에게 트집을 잡을 생각일까.

그런 생각을 하고 있으니.

"나도 줄리엣 역할에 입후보할게."

예상 밖의 한 마디에 반 아이들이 조금 술렁였다.

그것도 당연한 일. 아야세 같은 타입은 분명 연극에 흥미가 없을 것 같으니까.

애초에 그녀는 연기를 할 수 있을까? 그 이전에 대사를 외울 수 있을까?

"어라, 사키도 줄리엣 하고 싶어?"

"그래. 불만이야?"

"아니. 딱히 불만은 없는데."

나나세와 아야세는 그런 대화를 주고받았다.

평범한 대화를 나눴을 뿐인데도 교실 분위기가 조용해지며 두 사람 사이에 불똥이 튀는 것처럼 보였다.

"알겠습니다. 그럼 나중에 나나세와 아야세가 줄리엣 역할을 걸고 오디션을 보겠습니다. 두 사람 다 괜찮겠죠?"

문화제 실행위원이 묻자 두 사람 모두 고개를 끄덕였다.

오디션이라…….

"사키라면 오디션 정돈 충분하지! 나나세 따윈 상대도 안 돼!"

"당연하지! 줄리엣 역할은 나나세보다 아야세가 더 어울리니까!"

친구인 타카하시와 스즈키가 아야세를 격려했다.

은근히 나나세를 깔보는 점이 상당히 악질이다.

"확실히 사키는 줄리엣에 어울릴지도 모르겠네."

"아츠시, 시끄러워."

아쿠츠가 웃으며 말하자 아야세는 부끄러운 듯이 그렇게 답했다.

교실에서 일부러 시시덕거리지 말라고.

"저…… 나나세도 힘내."

이쪽도 질 수 없다는 식으로 나나세를 격려해보았다.

"물론! 사키한테는 안 질 거야~!"

그녀는 의욕 최고치로 가슴 부근 위로 두 주먹을 들어 보였다.

이렇게 기운이 넘치니 응원할 필요가 없었는지도 모르겠다.

"그럼 다음은 로미오 역할을……."

그 이후 문화제 실행위원의 진행으로 계속해서 배역이 정해졌다.

결국 나는 어떤 역에도 입후보하지 않고 무대장치 담당이 됐다.

이전 두 번의 세이란제는 일단은 참가하긴 했지만 친구가 많지 않은 나는 그다지 즐기지 못했다. 슈이치가 같이 다니자고 말해주었지만 여자친구가 있으니 거절했으니까.

……하지만 올해는 나나세 덕분인지 처음으로 세이란제가 기대됐다.

◇◇◇

점심시간. 나는 구교사의 빈 교실에서 야키소바 빵을 먹었다.

봉사활동 행사 일로 아쿠츠가 무서워진 나는 아직도 교실에서 점심을 먹을 수 없었다.

참고로 「유나기」의 연습을 견학한 이후 나나세가 연기 연습을 도와주지 않아도 괜찮다고 말했기에 지금은 전혀 도와주지 않고 있다.

이유는 모르겠지만 어쩌면 내 연기가 너무 서툴러서일지도 모른다.

"키리타니, 잠깐 괜찮아?"

이런저런 생각을 하고 있으니 갑자기 나나세가 말을 걸었다.

그녀도 여기서 함께 점심을 먹고 있었다.

"응? 왜?"

"저기…… 실은 줄리엣 오디션용 대사를 연습하려는데, 또 연기 연습 도와줄 수 있어?"

나나세는 조금 불안한 표정으로 부탁했다.

세이란제에서 할 연극의 배역을 정할 때 문화제 실행위원과 나나세, 아야세가 이야기를 나눈 결과 줄리엣 오디션은 3일 후에 보기로 했으며 그때 사용할 대사도 정해졌다.

오디션에 사용할 대사는 물론 「오, 로미오—」 하는 부분이다.

로미오와 줄리엣의 내용을 모르는 사람도 대부분 알 만큼 유명한 대사니까.

"그래. 나는 무대장치 담당이라 외워야 할 대사도 없으니까."

"정말?! 고마워!"

나나세는 기뻐하며 그렇게 말했다.

"하지만 아야세를 상대로 그렇게까지 노력할 필요가 있

어? 나나세는 진짜 배우니까 연기라면 간단히 이길 것 같은데."

만약 아야세가 다소 연기를 잘한다 해도 극단에서 활동하는 나나세에게는 이길 수 없을 것이다.

"그렇지 않아. 사키한테는 쉽게 이길 수 없을 거야."

"응? 어째서?"

"음, 그건 비밀."

물어보자 나나세는 입에 손가락을 대며 그렇게 답했다.

그런 그녀의 행동이 살짝 요염해서 두근거리고 말았다.

"그, 그러고 보니 로미오 역할에 아쿠츠가 입후보한 건 놀랐어."

두근거림을 들키지 않도록 나는 주제를 바꿨다.

사실 줄리엣 역할 다음에 로미오 역할을 정했는데, 무려 아쿠츠가 입후보했고 다른 후보자가 없었기에 그대로 그로 정해졌다.

아쿠츠도 연극에 관심 없을 것 같은 타입이라고 생각했는데…….

"나는 아쿠츠가 로미오 역에 입후보할 거라고 생각했어."

"……어째서?"

"사키가 줄리엣 역에 입후보했으니까."

나나세의 말을 들어도 나는 잘 이해가 안 됐다.

그러니까…… 무슨 말이지?

"왜냐하면 아쿠츠는 사키를 좋아하거든."

"정말?!"

"농담이야."

"뭐, 뭐야……."

내가 크게 숨을 내쉬자 나나세는 장난에 성공한 어린아이처럼 웃었다.

예상하지 못한 특종이라고 생각해서 엄청 놀랐는데……. 정말이지, 이상한 농담이나 하고.

"아쿠츠가 사키를 좋아하는지는 모르겠지만, 두 사람은 소꿉친구니까."

"……정말이야? 아니면 농담?"

"이건 진짜야."

"……?! 그럼 두 사람은 진짜 소꿉친구구나!"

이번에도 아까와 비슷할 정도로 놀랐다.

설마 아쿠츠와 아야세가 소꿉친구였을 줄이야.

하지만 보통 아쿠츠와 아야세는 같이 다니고 사이좋게 이야기 나누는 모습도 자주 보이니 소꿉친구라는 말을 들어도 그다지 이상하지 않았다.

"그래서 아쿠츠는 줄리엣에 입후보한 소꿉친구인 사키를 걱정해서 로미오 역할에 입후보했을 거야."

"그렇구나."

아쿠츠는 위압적이고 자기중심적인 녀석이라고 생각했

는데 같은 반이었던 작년에도 아야세에게만큼은 자상하게 대할 때가 많았던 것 같다.

그래서 나나세가 한 말은 이해가 됐다.

"그러고 보니 아쿠츠와 아야세가 소꿉친구라는 걸 어떻게 아는 거야? 이렇게 말하면 미안하지만 두 사람하고는 그다지 친하지 않아 보였는데."

"그, 그건 그러니까…… 뭐, 다른 사람에게 들었다고나 할까 뭐랄까."

나나세는 갑자기 허둥대며 웅얼거리듯 답했다.

그녀에게는 열광적인 팬이 있으니 그중 누군가에게 들었을지도 모른다.

"그보다 오디션 연습해도 될까? 키리타니는 로미오 대사를 말해주기만 해도 돼."

그렇게 부탁하는 나나세는 어느샌가 자신의 도시락을 전부 먹은 뒤였다.

"어…… 아, 알았어. 점심 다 먹고 시작해도 돼?"

"완전 괜찮아!"

나나세가 오른손으로 오케이 사인을 만든 것을 본 나는 서둘러 야키소바 빵을 입에 넣었다.

점심시간도 얼마 남지 않았으니 서둘러야지.

"키리타니! 지금 얼굴 다람쥐 같아서 진짜 웃겨!"

음식을 입에 가득 넣은 나를 본 나나세가 웃음을 터뜨렸다.

너 때문에 이렇게 됐으니 웃지 마시죠.

◇ ◇ ◇

나나세와 아야세가 줄리엣 역할에 입후보하고 3일 후.

오디션 당일이 찾아왔다.

오늘, 방과 후 교실에서 오디션이 시작된다.

오늘까지 나는 나나세와 약속한 대로 점심시간에 줄리엣 연기 연습을 도와주었다.

덕분에 로미오의 대사를 대부분 외우고 말았을지도 모르겠다.

그 정도로 로미오의 대사를 잔뜩 말했다.

"좋아! 오늘 힘내자!"

옆자리에서 나나세가 기합을 넣었다.

"나나세, 저…… 힘내."

"고마워! 네가 연습 도와줬으니 꼭 줄리엣이 될 거야!"

나나세는 조금 즐거운 듯이 미소를 떠올렸다.

그녀는 극단에서 활동하는 배우이니 오디션도 몇 번이고 했을지도 모른다. 아마도 상당한 중압감이 드는 것으로.

그에 비하면 분명 문화제 연극 오디션은 별것 아닐 것이다.

"사키, 힘내라."

"고마워, 아츠시."

힐끔 보니 아야세와 아쿠츠가 사이좋게 이야기를 나눴다.

이렇게 관찰하니 두 사람이 소꿉친구라 해도 역시 이상하지 않다.

미남 미녀 소꿉친구라. 마치 만화 캐릭터 같네.

그런 생각을 하는 사이에 오디션 준비가 끝난 모양이다.

"그럼 지금부터 줄리엣 역할 오디션을 시작하겠습니다."

교단 앞. 문화제 실행위원 남학생이 선언했다.

참고로 오디션의 룰은 입후보자가 차례로 반 아이들 앞에서 사전에 지정된 대사로 연기하는 것.

그것을 본 반 아이들이 누가 제일 연기를 잘했는지 판단해 다수결로 줄리엣을 맡을 사람을 정한다.

이것이 이번 오디션 방식이다.

"그럼 누가 먼저 연기하시겠습니까?"

문화제 실행위원이 입후보자 두 사람에게 물었다.

"나! 내가 할게!"

"내가 하겠어!"

나나세와 아야세의 손이 거의 동시에 올랐다.

놀랐다. 나나세라면 처음에 하고 싶어 할 것이라 생각했지만 설마 아야세도 손을 들 줄이야.

어쩐지 아야세의 분위기가 평소와 다른 것 같다.

"어쩐 일이래, 사키. 이런 일에 의욕을 보이다니."

"……상관없잖아."

나나세가 물어보자 아야세가 쌀쌀맞게 답했다.
역시 이상하다.
평소의 아야세는 나나세의 말이라면 더 감정적으로 대응할 텐데.
그게 아니면 내 기분 탓인가?
"양쪽이 모두 먼저 하고 싶은 모양이니 순서는 가위바위보로 정하겠습니다. 그게 제일 공정하니까요."
문화제 실행위원의 지시로 두 사람은 가위바위보를 했다.
그리고 아야세가 이겨 그녀가 먼저 줄리엣을 연기하게 됐다.
참고로 나나세는 가위바위보를 졌을 뿐인데도 무척 분해 보였다.
"그럼 준비가 끝나면 원하는 타이밍에 연기를 시작하세요."
아야세가 모두의 앞으로 이동하자 문화제 실행위원이 그렇게 말했다.
이제 그녀가 연기를 시작하면 오디션이 시작된다.
아야세의 다른 일행들, 타카하시와 스즈키가 「사키, 힘내~!」라든가 「아야세라면 할 수 있어!」 하고 응원했다.
그게 잠잠해진 뒤 아야세는 연기를 시작했다.
"오, 로미오! 로미오! 당신은 어째서 로미오인가요?"
그녀의 대사를 들은 순간, 깜짝 놀랐다.
연기를 잘 아는 게 아니라서 구체적으로 설명할 수는 없지만 아무리 생각해도 아야세의 연기는 초보자 수준이 아니었기 때문이다.

대체 어떻게 된 거지?

혹시 아야세도 나나세와 마찬가지로 배우였던 걸까?

"뭔가 잘하지 않아?"

"응, 그냥 잘하는데?"

옆에 있는 아이들이 소곤거리며 그런 이야기를 나눴다.

아무래도 그들도 나와 같은 생각인 모양이다.

그리고 그 뒤에도 아야세는 초보자답지 않은 연기를 이어 나갔고.

"그러면 저도 오늘부로 캐플릿의 이름을 버리겠어요!"

마지막 대사까지 끝냈다.

그때 아야세는 숨을 조금 헐떡였고 그 이마에는 땀방울이 빛났다.

"굉장해, 사키!"

"아야세는 연기 잘했구나!"

연기가 끝나자 친구들이 놀라면서도 아야세를 칭찬했다.

거기에 반 아이들도 마찬가지로 아야세를 칭찬했다.

"잘했다, 사키."

"아츠시, 시끄러워."

아야세가 자신의 자리로 돌아오자 아쿠츠와 커플 같은 분위기로 대화를 주고받았다.

미남 미녀끼리 시시덕거리긴.

"사키, 잘하더라. 나도 질 수 없지!"

나나세는 그렇게 의욕을 불태우면서도 전혀 초조해하지 않았다.

아마 정말로 초조하지 않을 것이다.

확실히 아야세의 연기는 훌륭했고 제법 놀랐다.

하지만 나나세와 비교하면 솔직히 그렇게까지 대단하지는 않다고 생각했다.

그야 당연하겠지.

아야세도 어디선가 연기 지도를 받은 적이 있을지도 모르겠지만 나나세는 현역 극단에 소속되어 무대 위에서 연기하고 있으니까.

나나세에게 연기로 이길 수 있는 사람은 그리 많지 않을…… 거라고 생각했는데 정말 괜찮겠지? 실은 내 생각이 틀렸다거나 하지는 않겠지?

"다음은 나나세 차례입니다. 준비해주세요."

문화제 실행위원이 지시하자 나나세는 아까 아야세가 했던 것처럼 반 아이들 앞으로 이동했다.

"나나세가 연기를 할 수 있을까?"

"학교에서 제일 가는 문제아가 할 수 있을 리가 없잖아."

아야세의 두 친구가 신랄한 말로 야유했다.

나나세의 정체도 모르면서 시끄럽네.

그때 문뜩 나나세와 눈이 마주쳤다.

나는 힘내라는 의미를 담아 그녀에게 주먹을 내밀었다.

그러자 나나세는 귀여운 미소로 답했다.

순간 내 심박수가 단번에 상승했다.

아니, 이럴 때 대체 무슨 생각을 하는 거야. 침착하자, 침착.

"그럼 준비되면 연기를 시작해주세요."

문화제 실행위원이 그렇게 말하자 나나세는 고개를 살짝 끄덕였다.

그리고 그녀는 심호흡하고 잠시 후…… 연기를 시작했다.

"오, 로미오! 로미오! 당신은 어째서 로미오인가요?"

나나세가 연기를 시작한 순간 교실 분위기가 돌변했다.

첫 한마디만으로 반 아이들은 단번에 그녀의 연기에 빠져들었을 것이다.

그만큼 나나세의 연기는 매력적이었다.

"당신의 아버님을 인정하지 마시고 당신의 가문을 버리세요! 그게 싫다면 적어도 저를 사랑하겠다고 맹세해주세요!"

대사 하나하나가 가슴에 울린다.

잘 설명할 수 없지만 그녀의 연기는 마음에 직접 닿는 느낌이 든다.

"그러면 저도 오늘부로 캐플릿의 이름을 버리겠어요!"

그리고 나나세는 마지막 대사를 말했다.

연기가 끝났는데도 교실은 조용했다.

아무도 말하거나 움직이려 하지 않았다.

마치 나나세의 연기에 모두가 마법에 걸려 몸이 굳어버린 것만 같았다.

"제법이네."

그런 와중 제일 먼저 입을 연 사람은 아야세였다.

의외였다. 혹시 자신의 연기가 더 뛰어나다고 생각하는 걸까.

"그렇지 뭐~ 사키보다는 나았으려나?"

"그 말투, 뭐야? 엄청 짜증 나는데."

나나세가 도발적으로 말하자 아야세가 살짝 화를 내며 인상을 썼다.

"레나가 저렇게 연기를 잘하다니."

"진짜로 감동했어."

반 아이들이 계속해서 감상을 늘어놓았다.

아마도 모두가 아야세보다 나나세의 연기가 능숙하다고 생각할 것이다.

"나나세 주제에 제법이잖아."

"그러게. 그럭저럭 괜찮았어."

아야세의 친구이자 나나세의 안티인 타카하시와 스즈키

도 분하다는 표정이었다. 그 얼굴이 조금 우스웠던 나는 웃음이 나올 것만 같았다.

"그럼 지금부터 나나세와 아야세, 둘 중에 줄리엣 역을 맡았으면 하는 사람을 다수결로 정하겠습니다."

나나세가 자리로 돌아가자 문화제 실행위원이 모두에게 말했다.

드디어 줄리엣 역이 정해질 시간이다.

"지금부터 순서대로 이름을 부를 테니 연기가 마음에 든 사람의 이름을 불렀을 때 손을 들어주세요."

문화제 실행위원은 그렇게 설명한 뒤 잠시 말을 끊었다.

뒤이어 그가 아야세와 나나세의 이름을 순서대로 말하자 반 아이들은 각자 줄리엣 역을 맡았으면 하는 사람의 이름이 불렸을 때 거수했다.

나는 연기만이라면 분명 아야세보다 나나세의 실력이 압도적으로 뛰어나다고 생각한다.

……하지만 솔직히 어쩌면 나는 이렇게 되지 않을까 하는 생각도 했었다.

그리고 이번엔 그 생각이 정확하게 적중하고 말았다.

다수결 결과, 줄리엣 역은 아야세 사키로 정해졌다.

◇◇◇

"카케루하고 점심 먹는 거, 오랜만이네."

오디션이 끝나고 3일 후.

점심시간에 나는 식당에서 슈이치와 밥을 먹었다.

"항상 네가 말을 걸어도 내가 사양했으니까."

"내 여자친구를 배려해준 거잖아? 이쪽으로서는 괜한 배려였지만."

"괜하다니. 나는 친구의 연애를 조금이라도 방해하고 싶지 않을 뿐인데."

"그러지 않아도 나는 여자친구와 헤어질 일 없어. 전에도 말했지? 나는 연애 마스터라고."

"그래, 그래. 굉장하네."

"전혀 안 믿네."

시답잖은 대화를 나누며 계속 점심을 먹었다. 참고로 오늘은 치즈 카레다. 가끔 오지만 식당에서 먹을 수 있는 음식은 전부 맛있다.

"그러고 보니 요즘 나나세가 학교에 안 나온다면서?"

갑자기 슈이치가 그렇게 말했다.

"……그렇긴 한데, 같은 반도 아닌데 어떻게 아는 거야?"

"당연히 알지. 학교에서 제일가는 문제아가 갑자기 며칠이나 학교를 안 나오고 있으니까."

"……그래."

슈이치의 말대로 오디션 이후 나나세는 한 번도 학교에 오지 않았다.

담임 선생님은 몸이 안 좋다고 말했지만 사실인지는 알 수 없다.

오디션에 떨어진 충격에 쉬고 있는 건지도 모른다.

참고로 나나세가 오디션에 떨어진 이유는 간단히 말해 **인간관계**다.

연기는 나나세가 더 뛰어났지만, 아야세는 반에서 발언력이 강하고 남자들의 우두머리인 아쿠츠와도 친하니 다수결로 정하기로 했을 때 반 아이들의 대부분은 아야세에게 손을 들어주었다.

이후에 아야세와 아쿠츠에게 찍히지 않기 위해.

거기에 나나세 안티인 학생들도 아야세를 줄리엣 역으로 밀어주었다.

덕분에 나나세 때는 나와 나나세의 팬 몇 명만이 손을 들었다.

……아야세는 이렇게 될 것을 예상하고 줄리엣 역에 입후보한 걸까.

"카케루. 나나세가 걱정되지 않아?"

"뜬금없이 무슨 말이야."

"넌 나나세하고 친했잖아?"

슈이치의 질문에 어떻게 답해야 좋을지 망설였다.

나는 나나세와 친한 걸까? 그저 내가 나나세에게 휘둘릴 때가 많았을 뿐인 것 같은데.

"……딱히 그런 사이는 아니야."

"거짓말하지 마. 가끔 너희 반에 가면 사이좋게 얘기하던 걸 봤다고."

"그런 걸 왜 봐? 그보다 말을 걸어달라고."

"너 바보냐? 아무리 그래도 친구가 여자와 사이좋게 이야기를 나눌 때 말을 걸 정도로 둔감하지 않다고."

"사이좋게 이야기하긴. 이상한 소리 마."

이 미남은 대체 무슨 소리를 하는 건지.

"카케루 너, 요즘 은근히 학교 자주 오게 됐잖아."

"어…… 그렇긴 하지."

"그거, 나나세 덕분이지?"

슈이치가 진지한 표정으로 물었다.

"……그러게. 나나세 덕분이라고 생각해."

"역시나."

맞춘 것이 기뻤는지 슈이치가 씩 웃었다.

"왜 그런 것까지 아는 거야? 독심술이냐?"

"그럴 리가 없잖아. 너를 학교로 데려올 수 있는 건 이 학교에서 나와 나나세 정도밖에 없을 거라고 생각했을 뿐이야."

"……뭐, 확실히 그럴지도."

하지만 나나세는 학교에 나오라고 강제하지 않았다.

오히려 그건 큰 문제가 아니라고 말했다.

그렇기에 최근엔 유급 문제에 상관없이 자신의 의지로 학교에 다니고 있는 건지도 모르겠지만.

"그래서 다시 한번 묻겠는데, 카케루는 나나세가 걱정 안 돼?"

"그, 그건……."

나는 어떻게 답해야 할지 잠시 말문이 막혔다.

나나세는 걱정된다.

절대로 있을 수 없는 일이지만 어쩌면 나처럼 학교에 오기 싫어진 게 아닐까 하는 생각이 머릿속에 자리 잡고 있으니까.

"솔직히 나나세는 걱정되긴 하지만 방법이 없잖아."

"그야 병문안이라도 가면 되잖아."

"병문안이라니……."

그러려면 나나세의 집으로 가야 하는데…….

그보다 남자친구도 아닌데 혼자서 집을 찾아가도 괜찮은 걸까?

……하지만 나나세에게 상당히 휘둘리긴 했어도, 그것과 비슷할 정도로 많은 도움을 받았다.

그리고 학교가 싫었던 나지만 나나세와 만난 이후로는

이전만큼은 싫어하지 않게 됐다. 슈이치도 한 말이지만 분명 나는 나나세에게 끌려다니는 매일이 성가시다고 생각하면서도 마음속 어디선가는 즐거워했을 것이다.

그러니 나나세에게는 정말 고마워하고 있다.

"역시 병문안 정도는 가야겠지?"

"오, 갈 생각이 들었구나."

"응. 오늘 학교 끝나고 가보지 뭐."

"그래, 힘내라. ……아, 혹시 나나세가 몸이 안 좋을 때를 노려서 이상한 짓 하면 안 된다."

"그럴 리가 없잖아……."

내가 황당해하자 슈이치가 웃었다.

이렇게 오늘 방과 후, 나는 나나세를 병문안하러 가기로 했다.

◇◇◇

"진짜로 와버렸네……."

오후 수업을 마치고 드디어 찾아온 방과 후. 나는 나나세의 집 앞에 서 있었다.

주소는 담임 선생님에게 물었다. 전에 나나세가 내 주소를 물었을 때처럼 요즘 학교에 안 나오는 나나세가 걱정된다는 빌미로 알아냈다.

혹시 나나세의 집이 부자면 어떡하나 싶었지만 그녀의 집은 일반적인 크기인 것으로 보아 그렇지는 않은 듯했다.

"조, 좋아……."

마른침을 꿀꺽 삼킨 나는 인터폰을 눌렀다.

벨이 울린 직후 바로 누군가가 받았다.

"네, 누구세요?"

"저, 나나세의…… 아니, 레나의 같은 반 친구인 키리타니라고 합니다. 최근 레나가 학교를 쉬고 있어서 병문안을……."

"어? 키리타니?"

말하는 도중 그런 말이 돌아왔다.

응? 그러고 보니 이 목소리는 들어본 적이 있다.

"혹시 나나세?"

"응, 근데 네가 어떻게……."

"그건 뭐랄까…… 병문안?"

담임 선생님에게 몸이 안 좋다는 말을 들었지만 실제로는 어떨지 알 수 없었던 나는 모호하게 대답했다.

돌아가라는 말을 듣는 건 아니겠지…….

그런 불안감이 들었을 때.

"병문안 와줬구나. 잠깐만."

나나세는 밝은 톤으로 그렇게 답한 뒤 일단 인터폰을 끊었다.

아무래도 오자마자 돌아가게 되지는 않을 것 같다.

그 후 바로 현관문이 철컥 열렸다.

"오랜만이야! 키리타니!"

그렇게 맞이해준 나나세는 확연하게 실내복 차림이었다.

귀여운 디자인으로 평소와 다른 신선한 모습에 심박수가 오르고 말았다.

"오랜만……이라고 해도 3일 정도인데."

"그러게. 괜찮으면 안으로 들어와."

"어, 으, 응…… 실례할게."

나나세의 초대로 나는 조심스럽게 그녀의 집으로 들어갔다.

생각해보니 초등학생 이후 처음으로 여자의 방에 들어간다.

……어쩐지 또 긴장되기 시작한다.

"편한 곳에 앉아."

나나세의 집에 들어온 뒤 그대로 2층 그녀의 방으로 안내받았다.

그녀의 부모님은 맞벌이라서 지금 집에는 나나세밖에 없는 모양이었다.

"근데 의외다. 키리타니가 병문안을 와주다니."

"의외라니 너무하네. 나도 반 친구가 학교를 쉬면 걱정하기 마련이라고."

“걱정할지는 모르겠지만, 예전이라면 일부러 병문안 가지는 않을 거 아냐?”

“윽……. 뭐, 부정은 할 수 없네.”

예전의 나라면 지금쯤 내 방에서 게임을 하거나 만화를 읽고 있었을 것이다.

“그, 담임 선생님한테는 나나세가 몸이 안 좋아서 쉰다고 들었는데 정말이야? 아니면 오디션 결과 때문에, 그……”

“음, 그게 말이지, 양쪽 다, 이려나?”

나나세는 고민에 빠진 듯이 답한 뒤 계속해서 말을 이었다.

“오디션이 끝나고 살짝 몸이 안 좋아져서 만약을 위해 쉬었어. 이번 휴일에 또 극단 공연이 있으니까.”

“어? 괜찮아?”

“응. 지금은 상당히 좋아졌으니까 괜찮아.”

안심시키려는 듯이 나나세는 환하게 웃었다.

보기에는 정말로 괜찮은 것 같았다. 다행이다.

“근데 아까 양쪽 다라고 말한 걸 보면 역시 오디션 일도……”

내 말에 나나세는 천천히 고개를 끄덕였다.

“자신 있었으니까. 떨어진 건 좀 충격이었어.”

“……그러게.”

나나세는 조금 씁쓸한 표정으로 고개를 숙였다.

지금까지 나나세가 침울해진 모습을 상상해본 적도 없지

만, 그녀도 그렇게 될 때가 있구나.

"하지만 그건 나나세의 연기가 문제가 아니라…… 모두가 아야세를 배려해줬기 때문이랄까……."

나는 실력으로 아야세에게 진 게 아니라고 말하려 했다.

그러면 조금은 나나세가 편해질지도 모르니까.

"고마워. 하지만 키리타니가 하려는 말은 알고 있어."

"어……."

나나세의 말을 들은 나는 순간 어떻게 대답해야 좋을지 알 수 없었다.

"그리고 오디션 하기 전부터 이런 식으로 떨어질지도 모른다는 걸 반쯤은 알고 있었어."

"……! 그럼 어째서 오디션을 수락한 거야?"

불합리한 이유로 떨어진다는 것을 알면 억지로 하지 않아도 될 텐데…….

"그야 당연히 줄리엣을 연기하고 싶었으니까 그렇지."

"오디션에 떨어진다는 걸 알면서도?"

"응. 장래에 할리우드 배우가 될 거니까 문화제 연극 오디션에서 질 수 없다고 생각했어! ……뭐, 결국 떨어졌지만."

나나세는 부끄러운 듯이 살며시 씁쓸한 미소를 떠올렸다.

그러나 그녀는 뒤이어 이렇게도 말했다.

"그리고 나는 언제든 나답게 행동하고 싶거든. 그래서 떨어진다는 걸 알면서도 억지로 오디션을 봤어."

그렇게 말한 나나세는 조금 편해진 것처럼 보였다.

자신답게. 그녀의 소중한 이야기를 할 때의 말버릇이다.

그런 그녀에게 나는 한 가지 의문을 품었다.

"나나세는 어째서 그렇게까지 하면서 자신답게 있으려는 거야?"

어떤 때라도 나나세는 자신이 하고 싶은 것, 자신이 생각하는 것을 한다.

예를 들어 교칙을 위반하는 파카라도 신경 쓰지 않고 학교에 입고 오며, 아야세와 아쿠츠에게 기죽지 않고 하고 싶은 말을 하는 등.

나는 그런 그녀가 부럽기도 하고 솔직히 동경하기도 한다.

하지만 나나세가 자신답기를 바라는 이유를 모르겠다.

"그러게……."

나나세는 살짝 곤란한 표정을 떠올리며 고개를 숙였다.

"저…… 그렇게 말하고 싶지 않다면 억지로 말하지 않아도 돼."

"아니, 그런 건 아니야. 오히려 언젠가 너한테는 이야기할까 했거든."

"……그랬어?"

"응. 말하기 힘든 건 사실이지만."

나나세는 웃어 보였지만 정말로 괜찮은 걸까.

걱정했더니 나나세는 자신을 진정시키려는 듯이 숨을 내

쉬었다.

그리고 그녀는 이렇게 말했다.

"나는 말이지, 예전에 키리타니하고 똑같았어."

나나세의 말을 들은 나는, 순간 어떻게 반응해야 좋을지 알 수 없었다.

"어…… 그게 무슨 말이야?"

"그러니까, 예전의 나는 키리타니처럼…… 아니, 너보다 더 학교에 가지 않았다는 거지."

나나세의 말에 나는 경악했다.

"그게 진짜야?"

"진짜야. 게다가 조금씩이지만 학교에 왔었던 키리타니와는 다르게 나는 전혀 학교에 가지 않았어. 완전히 등교 거부였지."

"나나세가 등교 거부라니……."

예상 밖의 이야기에 나는 말이 나오지 않았다.

설마 그 나나세가 등교를 거부하던 때가 있다니. 전혀 상상이 안 된다.

"저기, 왜 등교를 거부했어?"

조심스럽게 물어보자 나나세는 잠시 뜸을 들이고 이야기했다.

"……전에 키리타니는 중학생 때 주변 분위기에 맞추느라 학교 가는 게 괴로웠다고 했었지? 나도 마찬가지야."

그리고 나나세는 자신의 과거를 이야기했다.

나나세가 중학생 때, 그녀는 지금과 정반대인 인간이었다고 한다.

자신이 하고 싶은 건 뒤로 미루고 항상 주위에 신경 쓰느라 친구가 하고 싶어 하는 일을 우선시하며 싫어하는 일도 부탁받으면 거절하지 못하는…… 그런 나날을 보냈었다.

그리고 중학교 2학년 어느 날을 경계로 나나세는 항상 타인의 눈치를 보는 자신과 인간관계에 싫증이 나서 학교에 나가지 않게 됐다.

등교를 거부한 뒤로는 나와 마찬가지로 집에 틀어박혀 온종일 게임을 하거나 텔레비전을 보며 지냈다.

나나세 말에 의하면 당시엔 정말로 두 번 다시 학교에 가지 않으리라 생각했다고.

"……그런 일이 있었구나."

"응. 그래서 예전의 나는 너와 닮았어."

나나세는 웃었지만, 그 미소는 어딘가 슬퍼 보였다.

이야기하는 도중 예전 일이 떠올랐는지도 모른다.

"……하지만 그럼 어째서 나나세는 항상 자신답게 있으려는…… 그런 사람이 된 거야?"

"그건 영화 한 편이 계기였어."

내 질문에 나나세는 바로 대답했다.

"영화 한 편……?"

"응. 그 영화가 말이지, 내게 많은 용기를 줬어."

그 후 나나세는 자신을 바꿔준 영화를 이야기했다.

들어보니 나나세의 아버지는 영화 관람이 취미셨는지 당시 등교를 거부하던 나나세는 시간을 보내려 별생각 없이 아버지가 소장한 영화 중에 하나를 골라 보기로 했다.

그 영화의 주인공은 소설가가 되려는 여성으로, 그녀에게는 약혼자가 있었다. 여성은 가난했고 약혼자는 부자. 물론 가족과 친척은 약혼자와 결혼하라고 말했다.

그러나 어느 날 약혼자가 여성에게 프러포즈하자 여성은 거절했다.

자신에게는 꿈이 있으니 결혼할 생각이 없다면서.

주위에서는 크게 반대했지만 결국 여성은 약혼자와 결혼하지 않고 소설가가 되려고 했다.

그 결과 몇 년 후에 여성은 훌륭히 소설가가 됐고, 유복해져 자기 집에서 가난했던 가족과 함께 살 수 있게도 됐다.

"설령 눈앞에 약속된 행복이 존재한다 해도 그걸 버리면서까지 자신의 꿈을 선택한 그녀의 모습을 보니 정말 멋졌어. 그리고 그 모습을 동경하게 됐지."

나나세는 무척 기쁜 듯이 이야기했다.

분명 처음으로 그 영화를 봤을 때를 떠올렸을 것이다.

"……그럼 나나세는 그 영화에 나온 소설가가 되려는 여성처럼 되고 싶어서 지금처럼 항상 자신답게 행동하게 된 거구나."

"응! 그리고 할리우드 배우가 되고 싶다고 생각한 것도 그 영화가 계기야! 외국 영화라서 유명한 할리우드 배우가 많이 출연했었거든!"

그런 이야기를 하는 나나세의 눈동자가 반짝반짝 빛났다.

분명 지금 그녀가 이야기한 영화를 봤을 때도 그런 눈동자를 했겠지.

"후, 이야기에 너무 집중했네."

일단 이야기를 마무리한 나나세는 등을 쭉 폈다.

그때 그녀의 옷이 조금 올라가 배꼽이 살짝 보일 것 같았다.

"키리타니, 내 배꼽 보면 벌금 받을 거야."

"잠깐. 난 보지 않았어."

"거짓말~ 지금 분명 봤으면서. 참고로 배꼽 보면 벌금 만 엔이야."

"비싸지만 무리하면 낼 수 있을 법한 게 악랄하네."

그렇게 대답하자 나나세가 쿡쿡 웃었다.

그렇게 즐거운 듯이 남을 놀리지 말아줘.

그런 생각을 하니 문뜩 어떤 생각이 떠올랐다.

"그러고 보니 처음 만났을 때 나나세가 내게 유독 말을 걸었던 이유가 혹시 예전의 너와 닮았기 때문이야?"

"응. 네가 예전의 나처럼 되지 않을까 걱정됐거든."

내 질문에 나나세가 확실히 답했다.

그때 어째서 교내 제일의 문제아가 이런 반쯤 등교 거부에 가까운 내게 말을 거는지 알 수 없었는데, 이제야 이해가 됐다.

"키리타니, 고마워. 네가 병문안 와준 덕분에 기운이 꽤 났어."

"어…… 으, 응. 그거 다행이네."

나나세의 갑작스러운 한마디에 놀란 탓에 나는 대답할 때 말을 더듬고 말았다.

갑자기 고맙다고 하지 않았으면 좋겠다. 어떻게 대응해야 좋을지 알 수 없으니까.

"나도 무대장치 담당이 됐지만 힘내야지! 키리타니하고 같이 잔뜩 만들 거야!"

"잔뜩 만들 필요는 없지만…… 그래, 힘내자."

내가 말하자 나나세는 의욕적으로 주먹을 들었다.

어쩐지 도구 100개 정도는 간단히 만들 기세인데 괜찮으려나.

"그나저나 사키는 좋겠다~ 줄리엣 역을 맡다니."

"역시 주역을 맡고 싶었어?"

"당연하지. 제일 눈에 띄고 대사도 많으니까 오래 연기할 수 있잖아."

나나세는 계속 좋겠다고 중얼거렸다.

태연한 듯이 있지만 아마도 아직 오디션 일을 마음에 두고 있을 것이다.

"하지만 어째서 아야세는 줄리엣 역을 맡겠다고 한 걸까? 단순히 주역을 맡고 싶었던 건 아닌 것 같은데……."

역시 나나세를 방해하기 위해?

그런 것치고는 연기가 초보자로 보이지 않아 여러모로 걸리는 점이 있다.

"사키는 단순히 내게 이기고 싶었을 거야."

"응? 그게 무슨 말이야?"

내가 그렇게 묻자.

"사키는 예전에 유명한 아역 배우였어."

"뭐?! 정말?!"

설마 그 아야세가 아역 배우였다니…….

하지만 이걸로 그녀의 연기가 뛰어났던 것이 이해됐다.

"데뷔했을 때는 인기 있었지만 성장하면서 실력이 다른 아이들에게 점점 뒤처지는 바람에 결국 일을 전혀 받을 수 없게 됐다고 해."

"……그렇구나. 엄격한 세계네."

그런데도 아야세는 배우의 길을 포기하지 않고 다양한 오디션을 받았다고 한다.

하지만 안타깝게도 오디션에는 한 번도 통과하지 못했다고.

"그리고 사키는 마지막으로 「유나기」의 입단 오디션을 봤어."

"아! 「유나기」라면 나나세가 소속한 극단의……."

그 말에 나나세가 살짝 끄덕였다.

"맞아. 사키가 오디션 본 날에 나도 같이 오디션을 봤어. 그리고 사키는 떨어지고 내가 붙었지."

그 이후 아야세는 배우를 관뒀다고 말했다.

그렇다면 아야세는 그 오디션에 떨어진 일에 앙심을 품고 줄리엣 역에 입후보한 건가. 그리고 나나세에게 항상 날카롭게 군 것도 분명 오디션이 원인일 것이다.

"오디션 때는 아직 같은 고등학교에 진학한다는 걸 몰라서 학교에서 처음 사키를 봤을 땐 깜짝 놀랐어. 사키도 놀랐었고."

"그럼 그때부터 아야세가 날카롭게 군 거야?"

"날카롭게 군 거? 전혀 아무렇지도 않았는데."

나나세는 가슴을 펴며 당당하게 말했다.

확실히 아야세와 다툴 때도 항상 태연했었고 오히려 반격에 성공하기도 했다.

하지만 이번 같은 일도 있으니 정말로 괜찮은 걸까?

"왜 그렇게 걱정스러워하는 거야? 난 키리타니가 걱정해줘야 할 만큼 약하지 않아.”

“그건 다시 말해 내가 약한 사람이라는 거야?”

내 말에 나나세가 씩 웃었다.

정말, 얄미운 녀석…….

하지만 저런 말을 할 정도라면 분명 괜찮겠지.

괜히 걱정했다.

“……그럼 난 이만 돌아갈게. 너무 오래 있으면 미안하니까.”

“신경 써주지 않아도 되는데. 그냥 자고 갈래?”

“바, 바보냐! 자고 갈리가 없잖아!”

“아하하, 얼굴 빨개졌어~.”

나나세는 놀리듯 웃었다.

완전히 당하기만 하네…….

“어쨌든 난 이만 돌아갈게.”

“응, 오늘은 정말 고마웠어! 세이란제, 힘내자!”

“그래, 그래. 알았어.”

그렇게 답하고 일어난 나는 그대로 문으로 향했다.

지금 상태를 보면 내일이나 모레에는 평소처럼 학교에 나오겠지.

“……하아.”

문손잡이에 손을 가져가니 뒤에서 작은 한숨 같은 소리가 들렸다.

돌아보니 나나세는 뭔가 들고서 슬픈 듯이 바라보고 있었다.

그것은「로미오와 줄리엣」 대본이었다.

3학년인 우리에게 세이란제는 올해가 마지막.

그러니 분명 나나세는 내가 생각한 것 이상으로 주역을 맡고 싶었을 것이다.

"어? 키리타니, 안 돌아가?"

문 근처에서 움직이지 않는 나를 보고 나나세가 의아해했다. 어떡하지. 어떻게든 나나세가 기운 차리게 할 방법이 없을까.

그렇게 생각했지만 초등학생 이후 이성과 인연이 없었던 나로서는 잘 떠오를 리가 없고……!

"저, 저기, 나나세는 세이란제를 누구랑 돌아볼 거야?"

"어? 나는 매년 혼자서 돌아다니는데?"

"혼자?!"

"언제든지 가고 싶은 곳에 마음껏 갈 수 있으니까. ……근데 왜 그렇게 놀라? 어차피 너도 세이란제를 제대로 돌아본 적 없을 거면서."

"윽…… 그건 그런데."

돌아본 적이 없는 정도가 아니라 반의 출품 행사가 끝나면 멋대로 돌아갔다.

"저, 저기…… 혹시 괜찮다면 말이지……."

"응? 키리타니, 지금 땀이 엄청 나는데?"

"그건 신경 쓰지 마."

은근히 진지하게 이야기하는데, 이 녀석은…….

"나나세, 저…… 괜찮으면 세이란제를 나와 같이 보러 다닐래?"

최고조로 심장이 뛰는 나는 인생 처음으로 이성에게 문화제를 같이 다니자고 말을 걸었다.

그러자 나나세는 눈을 깜박일 뿐.

뭐야, 그 반응은……. 그렇게 생각하니 갑자기 나나세가 웃음을 터뜨렸다.

"자, 잠깐! 왜 웃는 거야?"

"아니, 설마 키리타니가 그런 식으로 말을 걸 줄은 몰랐어."

"그게 무슨 말이야……."

긴장하며 말을 걸었는데 웃다니…… 너무하잖아, 이 여자.

"좋아! 세이란제 때 같이 다니자!"

"어? 괜찮아?"

"물론! 거절할 이유가 없으니까!"

"그, 그래……."

나나세가 그렇게 말하니 나는 조금 기뻐졌다.

이제는 나나세가 줄리엣 역을 맡지 못한 사실을 잊어버릴 정도로 내가 세이란제를 즐겁게 해주자. 할 수 있을지는 모르겠지만.

"키리타니 덕분에 세이란제가 더 기대되네."

"그거 다행이네. 그럼 이번에야말로 이만 돌아갈게."

"응, 고마워. 또 봐."

나나세는 귀엽게 손을 흔들었다.

"갈게, 나나세."

나도 손을 흔든 뒤 그대로 그녀의 방을 나왔다.

그때, 나나세가 즐거운 듯이 웃었다.

◆◆◆

키리타니가 방을 나간 뒤.

나는 그가 세이란제를 같이 돌아다니자고 했을 때를 떠올리며 다시 웃고 말았다.

하지만 이건 절대로 바보 취급하는 게 아니다.

알고 얼마 안 됐을 때의 키리타니라면 귀찮아하며 분명 세이란제를 같이 다니자는 말을 꺼내지 않을 것이다.

하지만 아까는 나를 걱정해준 건지 함께 다니자고 말해주었다.

다시 말해 키리타니는 조금씩 확실하게 좋은 방향으로 바뀌고 있다.

나는 그게 무척이나 기뻤다.

"이제 예전의 나처럼 되지는 않겠지."

처음 만났을 때의 키리타니는 『그녀』…… 틀어박혀 지내던 과거의 나와 무척 닮았었다.

그런 그가 걱정된 나는 어떻게든 과거의 나처럼 되지 않도록 행동했는데…… 이제는 그럴 필요가 없을 것 같다. 분명 키리타니는 괜찮을 거다.

"세이란제가 기대되네!"

나는 그렇게 혼잣말하며 키리타니와 함께 돌아볼 세이란제를 상상했다.

다른 학년과 학생들의 발표를 보고 학생들이 연 가게도 돌아보자. 거기 말고도 키리타니하고 같이 다니고 싶은 곳이 있는데.

아마 지금 나는 히죽이고 있을 것이다.

지금까지는 혼자서 마음대로 돌아다녔는데, 그건 그것대로 세이란제를 만끽할 수 있었다. 하지만 분명 키리타니와 함께 돌아다니는 세이란제는 더 재밌을 것 같다.

응, 분명 재밌을 거야!

제4장 세이란제

7월 초. 슬슬 본격적으로 여름의 무더위가 몰려오는 시기.

드디어 세이란제가 시작됐다.

이날이 오기까지 우리 3학년 A반은 1개월가량 연극 연습을 반복하며 만반의 준비를 했다.

이제는 본 공연을 기다릴 뿐이지만, 나는 그 전에 한 가지 할 일이 있다.

"기다렸지?"

조회가 끝나고 교실 앞 복도에서 기다리고 있으니 나나세가 다가왔다.

그렇다. 지금부터 나는 그녀와 함께 세이란제를 둘러본다.

나나세는 오늘도 당연하듯 블라우스 위에 트레이드마크인 하얀 파카를 입었다.

세이란제에서도 스타일은 변하지 않는 모양.

"그럼 어디부터 갈래? 아니면 먼저 뭔가 먹을까?"

"어, 그, 글쎄……."

그렇게 말한 나는 이상하게 긴장했다.

지금까지 여자와 둘이서 외출한 적은 한 번도 없었으니 이럴 때 어떤 식으로 이야기해야 좋을지 전혀 알 수 없다.

"참고로 나는 배가 좀 고파!"

"그래? 그럼 먼저 뭔가 먹으러 갈까."

"응! 고마워!"

나나세가 생긋 웃었다.

자주 본 얼굴일 텐데 오늘은 문화제이기 때문인지 미소가 평소보다 귀여웠다.

그 때문에 아까부터 심장 고동 소리가 시끄럽다.

이 상태로 괜찮은 걸까…….

"1학년 교실에서 가게를 열었다니까 거기로 가자."

"오케이! 그렇게 하자!"

나나세는 유난히 밝게 말한 뒤 갑자기 내 손을 잡았다.

"……! 으, 응?!"

"사람 붐빌지도 모르니까 빨리 가자!"

나나세는 그렇게 말하며 나를 끌어당겼다.

그러는 사이, 내 심박수는 계속해서 상승했다.

큰일이야. 이대로 가면 나나세에게 리드당할 뿐이야.

애초에 줄리엣 역 오디션에 떨어진 나나세를 격려하기 위해 세이란제를 함께 돌아다니자는 말을 했다.

그러니 어떻게든 나나세를 즐겁게 해줘야 하는데.

힘내자.

"타피오카가 이런 맛이었구나."

나와 나나세는 1학년이 준비한 메이드 카페에 들어왔다.

그래서 점원 모두가 메이드복을 입고 있었다. 어째서인지 남자들도 함께.

가게의 추천 메뉴는 타피오카 드링크로 지금껏 한 번도 마셔본 적 없었기에 주문해 마셔봤는데 평범하게 맛있었다.

타피오카는 해외의 고구마로 만들어졌다고 하는데 확실히 살짝 고구마 같은 맛도 났다.

“이걸로 키리타니도 타피러네.”

“타피러? 혹시 타피오카를 엄청 좋아하는 사람?”

“아마 그런 거야!”

“아마라니…….”

영문을 알 수 없는 말을 적당히 사용하지 않았으면 좋겠다.

“……그보다 그게 뭐야?”

“응? 뭐가? 너하고 같은 타피오카 마시고 있는데?”

나나세의 말대로 그녀는 타피오카를 빨대로 마시고 있었다.

그 행동이 평소 떠들썩한 그녀와는 대조적이라 조금 귀여웠다.

그러나 내가 묻고 싶은 건 그것이 아니다.

“타피오카 말고도 먹을 게 잔뜩이잖아. 다 먹을 수 있어?”

나나세 앞 테이블 위에는 오므라이스와 햄버그스테이크 등 대량의 음식이 놓여있었다. 아무리 생각해도 혼자서 먹을 수 있는 양이 아니다.

"물론 키리타니하고 같이 먹을 거지."

"응? 그런 말은 들은 적 없는데?"

"약간의 깜짝 파티야!"

"그런 서프라이즈는 필요 없다고……."

"솔직히 말하면 키리타니가 싫다고 말하면 곤란하니까 그런건데……."

"딱히 싫은 건 아닌데…… 아니, 역시 싫을지도 모르겠다."

"아, 너무해. 나하고 같이 먹는 게 싫다니. 울어버릴 거야."

"같이 먹는 게 싫은 게 아니라 이 많은 걸 어떻게 다 먹겠어?"

나나세는 다시 눈앞에 놓인 음식을 보았다.

"괜찮아. 키리타니라면 할 수 있어."

"설마 나한테 떠넘기는 거야?!"

예상 밖의 발언에 나는 황당하다는 듯이 한숨을 쉬었다.

"애초에 왜 그렇게 많이 주문한 거야?"

"모처럼 왔으니 다양한 걸 먹어보고 싶잖아."

"아무리 그래도 그렇게 많이 주문하는 사람이 어딨어."

솔직히 둘이어도 전부 먹을 수 있을 자신이 없다.

"에이, 그렇게 화내지 마. 자, 키리타니."

나나세는 들고 있던 수저로 오므라이스를 떠서 그대로 내 입 앞으로 가져왔다.

"가, 갑자기 뭐야?!"

"뭐냐니, 몰라? 자, 아~ 해봐."

"아는데 그게 아니라, 갑자기 왜 그러는데?!"

"남자는 이런 거 좋아하잖아?"

놀리듯 말한 나나세는 오므라이스를 억지로 내 입에 넣었다.

첫 경험에 내 심장박동이 유난히도 빨라진다.

"맛있어? 맛있지?"

"뭐, 맛있는데……."

"그래, 그래! 그럼 이런 식으로 전부 먹어버리자!"

"설마 처음부터 그럴 생각으로 나한테 먹인…… 으읍."

말하는 도중 나나세가 또 억지로 입에 넣었다.

덕분에 입안이 빵빵해졌다.

"다람쥐 같아! 귀여워!"

쿡쿡 웃는 나나세.

……사람을 가지고 놀다니, 용서할 수 없다.

뭐, 아~ 해준 건 솔직히 기뻤지만…….

그 이후 결국 나는 나나세가 주문한 음식을 전부 먹게 됐다.

나나세도 조금은 도와줬지만 대부분 내가 먹은 결과, 배가 인생 최고 수준으로 통통해졌다.

……진짜로 더는 못 먹겠습니다.

"제법 많이 돌아다녔네!"

학생과 아이들을 데리고 온 가족 등으로 인파가 많은 복도를 둘이서 걷고 있으니 옆에서 나나세가 즐겁게 말했다.

그 이후 나와 나나세는 다양한 곳을 돌아다녔다.

2학년의 댄스와 마술부의 거대 미로, 오컬트부의 점집 등등.

덕분에 나는 두 손에 대량의 참가상이나 특전 등을 들게 됐다.

"들기 힘들어 보이는데, 역시 나도 도와줄까?"

나나세는 내 두 팔에서 떨어질 것 같은 참가상을 보며 걱정했다.

"이 정도는 괜찮아. 그보다 다음엔 어딜 가고 싶어?"

"또 내가 정해도 돼? 키리타니가 가고 싶은 곳에 가도 되는데."

"나는 괜찮아. 딱히 가고 싶은 곳이 없으니까."

"정말? 그럼 내가 정할까……."

나나세는 주위를 두리번거렸다.

슬슬 우리의 연극 시간도 다가왔으니 다음이 마지막이 될 것 같다.

"키리타니! 저기 가자!"

나나세가 가리킨 곳은 사진부가 빈 교실에서 기념 촬영을 하고 있었다.

아무래도 사진부가 손님의 사진을 찍어주는 모양이다.
"마지막 세이란제니까 기념으로 둘이서 사진 찍자!"
"어? 둘이서?"
"……혹시 싫어?"
"싫은 건 아닌데……."
"그럼 됐네!"
나나세는 그렇게 말하며 기분 좋게 콧노래를 흥얼거렸다.
올해로 마지막이라는 건 사실이니 추억을 만드는 게 좋겠지. 예전 두 번의 세이란제에서는 제대로 된 추억이 없었으니까.
그런 생각을 하며 우리는 사진부가 촬영하는 교실로 들어갔다.

안은 의외로 본격적이었다.
반사판 등의 촬영용 도구가 있었고, 사용하는 카메라는 전문가용 카메라.
마치 사진관에 온 것 같았다.
"그럼 여기에 의상이 있으니 원하는 옷으로 갈아입으세요."
사진부 남학생이 알려준 곳에는 다양한 코스프레 복장이 걸린 옷걸이.
치어리더 복장, 차이나 드레스, 기모노…… 정말로 다양한 옷이 있었다.

"키리타니는 어쩔래? 치어리더 복장?"

"어째서?"

"재밌을 것 같으니까."

"좀 너무한데."

나를 뭐라고 생각하는 거야…….

"하지만 모처럼 왔으니까 같은 옷 입자!"

두 손을 맞잡고 부탁하는 나나세.

아무리 그래도 치어리더 복장은…….

"뭐, 거절해도 억지로 입힐 거지만. 사진부원분들! 얘한테 치어리더 옷을 입혀주세요!"

"뭐?! 멋대로 무슨 소리야?! 아니, 사진부원들은 왜 이리 의욕적인데?! 아, 안 돼!"

그 후 헛된 저항 끝에 사진부원들에게 붙들려 강제로 치어리더 옷을 입게 됐다.

최악이야…….

"큰일이었다고……."

장소는 여전히 빈 교실. 그 이후 나는 나나세와 사진부원들에게 붙들려 차이나 드레스와 스파이 복장 등 다양한 의상을 입고 사진을 찍었다.

일단은 전부 나나세와 함께였지만…….

참고로 지금은 나와 나나세 모두 교복으로 갈아입었다.

"키리타니, 꽤 즐거워하던데?"
"이 얼굴을 보고도 그런 소리가 나와?"
"그렇게 화내지 마. 하지만 난 즐거웠어!"
"그, 그래……."
나나세가 즐거웠다면야.
애초에 그러기 위해 그녀와 함께 세이란제를 돌아보고 있으니까.
"손님, 마지막으로 한 장 더 찍을까요?"
둘이서 대화하고 있으니 사진부원이 그렇게 물었다.
"괜찮아요?"
"네, 지금은 사람이 별로 없으니 한 장 정도라면 괜찮아요."
사진부원의 말에 나나세는 예쁜 눈동자를 반짝이며 다음은 어떤 사진을 찍을까 고민하는 행동을 했다.
"그럼 교복 상태로 찍어도 되나요?"
"물론이죠."
나나세의 질문에 사진부원이 끄덕였다.
그 후 사진부원은 촬영 준비를 시작했다.
"나나세, 왜 교복이야?"
"이왕이면 마지막은 가장 나다운 모습을 찍을까 해서."
나나세는 자신의 트레이드마크인 하얀 파카를 가리켰다.
아, 그렇군.
"물론 키리타니도 같이 찍을 거지?"

"그래, 알았어."

잠시 기다리자 사진부원이 말을 걸었다.

"그럼 지금부터 촬영 시작할게요."

그렇게 말한 사진부원은 카메라를 들었다. 다른 부원도 반사판을 들거나 조명을 조절했다. 촬영 장소는 아까와 같은 교실 칠판 앞.

참고로 지금 칠판은 배경용 천으로 가려져 있다.

그러자 나나세가 갑자기 손을 들었다.

"저기, 죄송한데 뒤에 이거 걸어도 되나요?"

그녀가 가리킨 것은 칠판을 가린 배경용 천이었다.

"하지만 그걸 치우면 나중에 컴퓨터에서 배경을 바꿀 수 없는데요."

"괜찮아요. 배경을 교실로 하고 싶으니까."

나나세가 다시 사진부원들에게 부탁했다.

그러자 그 부탁을 받아들인 그들은 바로 배경용 천을 걷어주었다.

"왜 그런 부탁을 한 거야?"

"그야 우리가 교복을 입었으니까. 배경이 교실인 편이 좋잖아."

"뭐, 확실히……."

아무리 그래도 일부러 배경용 천을 치워달라는 말은 하지 않을 것이다. 역시 나나세답네.

그 후 그녀는 칠판에 「세이란제 최고!」라는 글자와 잘 모르지만 귀여운 캐릭터를 잔뜩 그렸다.

그것도 사진부원의 허가를 받은 뒤에 했지만 뭐랄까 하고 싶은 대로 다 하는 느낌이다.

"그럼 촬영 시작할 테니 원하는 자세를 하세요."

그렇게 간신히 촬영이 시작됐다.

지금 이상으로 이상한 일은 일어나지 않을 것이다.

그렇게 생각했지만 문뜩 옆을 보니 나나세가 알 수 없는 포즈를 하고 있었다.

왼손은 브이자 비슷하게 들고서 머리의 앞쪽에, 오른손은 오케이 사인처럼 하고서 머리의 뒤로 가져간 처음 보는 포즈였다.

"……나나세, 그 포즈는 뭐야?"

"이건 내가 생각해낸 오리지널 포즈!"

"그, 그래……."

"어때? 귀엽지?"

자신만만하게 묻는 나나세.

처음 봤을 때는 대체 뭔가 싶었지만, 자세히 보니 확실히 귀여울지도 모르겠다.

"이 포즈는 내가 줄리엣 역할을 맡으면 연극에서 하려고 했었어!"

"로미오와 줄리엣에서 그런 포즈를 넣을 장면이 어디에

있다고.”

혹시 그 유명한 「오, 로미오」 하는 부분인가?

아니, 만약 그런 포즈를 하면 연극이 엉망이 될 거다.

“맞다! 키리타니도 같이 이 포즈로 찍자!”

“응?! 나도?”

“그래. 똑같은 포즈로 사진 찍자!”

“그 포즈로……?”

“왜 그렇게 싫어하는데~ 분명 즐거울 거야! 응?”

나나세는 기대에 찬 눈을 내 얼굴 가까이 들이밀었다.

순간 내 고동이 점점 빨라졌다.

그렇게 바라보면 거절할 수 없잖아…….

“아, 알았어. 할게, 할 테니까.”

“정말? 신난다!”

나나세는 무척 기뻐했다. 정말이지 치사한 녀석이다.

그 이후 나는 나나세에게서 알 수 없는 포즈를 잡는 방법을 배웠다.

그러는 사이에 사진부원을 기다리게 했지만, 그들은 싫은 표정 하나 없이 기다려주었다.

사진부, 너무 자상하잖아.

“그럼 찍을게요.”

사진부원이 카메라를 들고 찰칵찰칵 사진을 찍었다.

알 수 없는 포즈를 한 우리는 익숙하지 않은 자세로 가

만히 있기가 쉽지 않았다.

"키리타니, 포즈 잘 잡고 있어?"

"걱정하지 않아도 잘 잡고 있어."

포즈가 이상해지지 않도록 애쓰고 있으니 말 걸지 말아줘.

그 후 몇 장인가 사진을 더 찍은 뒤에야 촬영이 끝났다.

"그럼 지금부터 사진을 프린트할 테니 저기서 잠시만 기다려주세요."

그런 말을 들은 우리는 대기소로, 사진부원은 노트북과 인쇄기가 있는 교실 구석으로 이동했다.

"잘 찍혔으면 좋겠다!"

"응, 사진부원이 찍어줬으니 괜찮겠지."

"근데 키리타니가 그 포즈로 같이 찍어줘서 다행이야!"

"같은 포즈를 하는 것 정도는 별것 아니지."

"하지만 단체 사진 찍을 때 그걸 해봤는데, 아무도 같이 해주지 않았는걸?"

"그야 단체 사진이었으니까 그랬겠지."

그보다 그럴 때도 그 알 수 없는 포즈를 했던 건가.

혼자서만 너무 튀잖아.

"오래 기다리셨죠? 사진 나왔습니다."

갑자기 사진부원이 말을 걸었다.

깜짝 놀랐다. 사진 나오는 게 의외로 빠르구나.

"여기요."

"감사합니다!"

사진부원이 우리의 사진을 내밀자 나나세가 그것을 받았다.

그 후 우리는 다른 손님의 방해가 되지 않도록 교실에서 나왔다.

"자, 이건 키리타니 거."

"고, 고마워……."

복도에서 나나세에게 사진을 받고 바로 확인해봤다.

똑같이 알 수 없는 포즈로 찍은 나와 나나세.

재밌는 사진이지만 잘 찍힌 것 같았다.

인쇄도 상당히 깔끔했다.

"진짜 잘 나왔다! 근데 키리타니의 포즈는 아직 멀었어."

"뭐가, 아무리 봐도 완벽하잖아."

"이게 어딜 봐서 완벽하다는 거야. 이 왼손의 위치라든가."

왼손 위치라니. 그런 세세한 부분까지 말해도…….

"하지만 키리타니와 좋은 추억이 생겨서 다행이다! 키리타니도 나와 추억을 만들어서 다행이지?"

나나세는 히죽이며 놀리듯 물었다.

그렇게 물으면 아무리 생각해도 예스 이외의 말을 들을 생각이 없는 거잖아.

"뭐…… 나나세와 추억을 만들어서 다행이야."

"그렇지?! 다행이야!"

나나세는 정말이지 기쁜 듯이 말했다.

"이 사진, 소중히 여길 테니까 키리타니도 잃어버리면 안 돼."

"안 잃어버려…… 아마."

"아! 지금 아마라고 했지?!"

"꼭! 절대로 잃어버리지 않도록 하겠습니다!"

"좋아! 그럼 용서하노라!"

나나세는 일부러 거만한 투로 말했다.

난 지금 대체 무엇을 용서받은 걸까…….

"그럼 슬슬 반에서 연극이 시작될 때니까 교실로 돌아갈까?"

"뭐? 벌써 시간이 그렇게 됐어?"

스마트폰으로 확인하자 확실히 연극 시간이 얼마 남지 않았다.

"나나세, 저…… 교실로 돌아가기 전에 한 가지 물어도 돼?"

"응? 왜 그래?"

"저, 오늘 말이지, 나하고 같이 세이란제를 다녀서 즐거웠어?"

살짝 머뭇거리며 나나세에게 물었다.

그 질문에 그녀는 귀여운 미소를 떠올리며 말했다.

"그야 당연히 즐거웠지!"

"……! 그, 그래. 그럼 다행이다."

솔직히 나나세를 즐겁게 해줬는지 불안했지만 적어도 합격점은 받은 모양이다.

“좋아, 연극 힘내자! 하긴 나와 키리타니는 공연 때 무대장치를 운반하는 것 정도겠지만!”

“그렇기는 한데, 그래도 힘내자.”

“응! 키리타니하고 같이 잔뜩 옮길 거야!”

“잔뜩 옮길 필요는 없는데…….”

그런 식으로 나와 대화하는 나나세는 미소를 떠올렸다.

그 모습을 보면 이제 오디션 일을 마음에 두고 있지 않은 것 같았다. 다행이었다.

그 이후 우리는 세이란제에서 돌아다닌 곳의 어디가 즐거웠는지 담소를 나누며 교실로 향했다.

◇◇◇

교실로 돌아온 후. 우리 3학년 A반의 연기자들은 의상을 갈아입고서, 무대장치 담당은 몇 명씩 모여 무대장치를 들고서 체육관으로 이동했다.

체육관에 들어간 후에는 무대 뒤로 이동해 무대장치를 놓고 우리보다 앞 순서인 다른 반의 연극이 끝날 때까지 기다릴 뿐이다.

그게 끝나는 대로 우리 반의 「로미오와 줄리엣」 공연이 시작된다.

"사키, 주연이니 힘내."

"알아. 그보다 너도 주연이잖아."

무대 뒤에서 아쿠츠가 격려하자 아야세가 통명하게 답했다.

줄리엣 역의 아야세는 반짝이는 드레스를, 로미오 역의 아쿠츠는 귀족 같은 의상을 입었다.

지금 생각한 건데, 아쿠츠가 나나세에게 날카로웠던 건 소꿉친구인 아야세를 위해서였겠지. 그렇다지만 해서 좋은 일은 아니지만.

"사키, 옷 정말 잘 어울린다!"

"나, 나도 그렇게 생각해."

"그래? 고마워."

"아츠시도 어울리네, 그거."

"시끄러워, 일일이 칭찬하지 마."

아야세 일행의 친구들, 타카하시와 타치바나, 스즈키가 다가와 다섯이서 즐겁게 이야기를 나눴다. 공연 전인데 소란스러운 녀석들이네.

"키리타니!"

갑자기 뒤에서 누군가가 말을 걸었다.

돌아보니 나와 마찬가지로 학교 체육복을 입은 나나세가 보였다.

무대장치 담당은 공연 때 도구를 운반하기 쉽도록 다들

같은 옷을 입고 있다.

"키리타니는 내가 없으면 계속 혼자 있네."

"갑자기 그게 무슨 말이야?!"

"아니, 아까부터 키리타니를 관찰했는데 계속 혼자서 멍하니 있더라고."

"자, 잠깐! 남의 부끄러운 모습을 관찰하지 말라고!"

내가 당황하자 나나세가 쿡쿡 웃었다.

그렇게 남을 놀리는 게 즐거우신가요. 나 참.

"역시, 너희 사이좋네."

갑자기 아야세가 다가와 평소와 마찬가지로 퉁명스럽게 말했다.

한편 아쿠츠는 다른 친구들과 함께 이야기를 나누고 있었다.

"공연 전에 우리한테 말이나 걸다니. 여유롭잖아?"

"큭, 시, 시끄럽네."

아야세는 전혀 동요하지 않는 나나세에게 분한 표정을 지었다.

나는 아야세가 계속해서 공격하지 않을까 싶었지만 그 이상 아무 말도 하지 않았다.

실은 오디션 이후 두 사람은 그다지 크게 다투지 않게 됐다.

이유는 아야세가 나나세에게 트집을 잡는 일이 거의 없

어졌기 때문.

어쩌면 나나세를 제치고 줄리엣 역을 맡게 된 일을 마음에 두고 있는지도 모른다. 어디까지나 추측에 불과하지만.

"줄리엣 역 힘내. 대사 틀려도 당황하면 안 돼."

"읏! 알아. 애초에 내가 대사를 틀릴 리가 없어."

"그래, 그럼 다행이고."

생글거리는 나나세에게 아야세는 어딘가 멋쩍은 표정을 지었다. 두 사람이 마주하면서도 다투지 않다니, 어딘가 어색하기까지 하네.

"야, 사키. 슬슬 우리 차례야."

아쿠츠가 그렇게 말하며 이쪽으로 다가왔다.

무대 쪽을 살짝 보니 아무래도 우리의 앞쪽 순서의 연극이 끝난 모양이다.

드디어 우리 반 차례다.

뭐, 나는 무대장치 담당이니 공연 때는 배경 등을 옮길 뿐이지만.

"알았어. 알려줘서 고마워."

"그보다 공연 전에 나나세하고 엮이지 말라고."

아쿠츠는 나나세와 추가로 나를 경계하듯 노려보았다.

지금부터 다 함께 연극을 하려는 때에 일부러 적의를 드러내지 않아도 될 텐데.

……하지만 모든 사정을 알게 되니 이건 아쿠츠 나름대

로 소꿉친구인 아야세를 지키려는 건지도 모른다.
그때였다.

"위험해! 쓰러진다!"

갑자기 남학생의 다급한 목소리가 들렸다.
서둘러 시선을 돌리니 가까이에 놓여 있던 내 키의 네 배는 될법한 배경용 건물 무대장치가 쓰러졌다.
그리고 그건 나와 나나세, 아쿠츠와 아야세가 있는 쪽으로.
"위험해!"
"위험하다고!"
순식간에 외친 나와 아쿠츠.
나는 둘이서 깔리지 않도록 나나세를 밀치듯 넘어졌다.
그 직후 쿵! 하고 커다란 소리와 함께 배경용 무대장치가 쓰러졌다.
"아야…… 나나세, 괜찮아?"
"응, 괜찮아……."
쓰러진 채 물어보자 나나세가 그렇게 답했다.
일어나 그녀를 보니 딱히 다친 곳은 없는 듯했다.
다행이야. 뼈가 부러지거나 큰 상처가 생기면 어떡하나 싶었다.
"고마워. 키리타니, 멋지더라."

"그거 고맙네."

생글거리며 고맙다고 말한 나나세.

그 말에 나는 얼굴을 살짝 돌리며 대답했다.

멋지다는 말을 들어본 적이 없으니 어쩐지 부끄럽네.

"사키! 괜찮아?!"

갑자기 아쿠츠의 다급한 목소리가 들렸다.

그의 곁에는 아야세가 있었다.

아쿠츠가 그녀를 지켰는지 두 사람 모두 깔리지 않은 모양이지만 아무래도 아야세의 상태가 이상했다.

"아파……!"

아야세가 바닥에 주저앉아 다리를 붙잡고 있었다.

그런 그녀는 괴로운 듯이 표정을 찡그렸다.

"큰일 아니야?"

"응, 큰일이네……."

"어, 어쩌지……."

좋지 않은 분위기에 아야세의 친구들도 걱정했다.

"바로 양호실로 가야겠어!"

"아츠시, 침착해. 이 정도는 아무렇지도 않아."

아야세는 그렇게 말하며 일어나려 했다.

그러나.

"아얏!"

짧은 비명과 함께 다시 바닥에 주저앉고 말았다.

일어날 수 없는 걸 보면 적어도 염좌는 확실할 것이다.

솔직히 그런 상태로 연기하는 것은 거의 불가능에 가깝다.

"야, 무리하지 마!"

아쿠츠는 걱정스러운 듯이 말을 걸었다.

"시끄럽네. 내가 양호실에 가면 연극은 어떻게 되는데?"

"그건 다른 애들한테 맡겨야지!"

"어떻게 그래?! 대사가 얼마나 많은데!"

"그, 그건……."

아야세의 지적에 아쿠츠가 말끝을 흐렸다.

줄리엣은 「로미오와 줄리엣」의 주역. 당연하지만 등장과 대사도 많다.

그것을 전부 파악하는 사람은 줄리엣 역을 맡은 아야세 이외에는 아무도 없다.

"누구 없어?! 사키 대신 줄리엣 맡을 사람!"

그러나 아쿠츠는 주변 반 아이들에게 물었다.

그러나 그녀들은 다들 아쿠츠에게서 눈을 돌리고 아무런 대답을 하지 않았다.

당연하다. 누구든 무대 위에서 창피를 당하고 싶지 않을 테니까.

"그것 봐. 나 말고 누가 줄리엣을 하겠어."

"하지만 다리가……."

아쿠츠는 아야세를 무대에 내보내고 싶지 않은 모양이다.

분명 소꿉친구인 그녀를 소중히 여기는 거겠지.

주위로 무거운 분위기가 흐른다.

이대로 가면 연극 자체가 불가능하지 않을까, 모두가 생각했다.

"내가 줄리엣 맡을게!"

갑자기 손을 든 사람은 나나세였다.

하지만 이때 나는 그렇게까지 놀라지 않았다.

나나세라면 분명 아야세를 대신해 줄리엣 역을 맡겠다고 할 줄 알았으니까.

그녀는 그런 사람이니까.

그리고 나나세는 오디션에 입후보했었고, 애초에 극단에서 활약하는 배우이니 지금부터 줄리엣을 연기해도 전혀 문제없이 해낼 것이다.

"레나, 너……."

아야세가 앉은 채 싫은 표정을 보였다.

예전 일도 있으니 그녀로서는 나나세에게 역할을 양보하기 싫겠지.

"나도 가능하면 사키가 줄리엣을 맡았으면 좋겠지만, 그 다리로는 힘들잖아."

"……그러게, 그런 모양이야."

"그럼 내가 줄리엣을 맡을게. 사키도 연극 자체가 막을 열지 못하는 건 싫잖아."

나나세가 물었지만 아야세는 답하지 않았다.

그 질문에 대답하면 줄리엣 역이 완전히 나나세에게 넘겨지기 때문이다.

"괜찮아! 사키 몫까지 최고의 줄리엣을 연기할 테니까!"

그러자 나나세는 안심시키려는 듯이 아야세의 오른손을 꼭 잡았다.

그 행동에 아야세는 살짝 놀란 뒤 포기한 듯이 작은 한숨을 쉬었다.

"……알았어. 줄리엣 역은 레나한테 양보할게."

"고마워, 사키!"

나나세가 말하자 아야세가 고개를 좌우로 저었다.

"아니, 애초에 공평한 오디션 결과가 아니었으니까 레나가 줄리엣을 맡는 게 옳아."

"사키……."

"미안했어, 비겁한 짓을 해서."

아야세는 미안한 듯이 사과했다.

그렇다면 역시 그녀는 오디션에 입후보한 시점에서 연기와 상관없이 자신이 이길 거라는 걸 알고 있었을 것이다.

"무슨 말이야! 전혀 신경 안 써!"

"레나…… 고마워."

그때 아야세는 살짝 감정이 북받치는 듯했다.

그런 모습을 보면 나나세보다 실력이 부족한데 줄리엣 역을 맡게 된 일에 상당한 죄악감을 느꼈을지도 모른다.

성격과 눈매는 무섭지만 전에 친구인 타치바나가 말했던 것처럼 그렇게까지 나쁜 녀석은 아닐지도 모르겠다.

"다리를 다친 사키한테는 미안하지만 너를 양호실로 데려간 다음 거기서 의상을 내 체육복하고 바꿔줬으면 해! 그래도 괜찮아?"

"그래, 알았어."

나나세의 질문에 아야세가 살짝 끄덕였다.

"그리고 아쿠츠, 먼저 연극을 시작하라고 반 아이들한테 말해줘. 줄리엣이 등장하기 전까지 옷을 갈아입을 수 있을 테니까."

나나세가 아쿠츠에게 지시를 내리자 그는 조금 놀란 표정을 보였다.

그러나 평소처럼 반격하지 않았다.

"아, 알았어. 좋아! 다들 준비하자!"

아쿠츠의 말에 반 아이들이 각자 준비를 시작했다.

나도 무대장치를 운반해야지!

하지만 그 전에…….

"나나세!"

"응? 왜?"

내가 부르자 나나세가 놀란 듯했다.

"저, 그게…… 줄리엣 역 힘내!"

내가 머뭇거리며 응원하니.

"물론이지! 퍼펙트하고 완벽하게 연기할게!"

나나세는 생긋 웃으며 브이 사인을 보여주었다.

퍼펙트나 완벽은 같은 뜻인데…….

하지만 그런 나나세의 당당한 모습에 나는 또 멋지다는 생각이 들고 말았다.

◇ ◇ ◇

"나는 여기 없네. 나는 날 잃어버렸어. 여기 있는 나는 로미오가 아니야. 로미오는 어딘가 다른 곳에 있겠지."

무대 위. 연극은 이미 시작되었고 아쿠츠가 로미오를 열연했다.

놀랐다. 아쿠츠가 연기를 저렇게 잘하는구나.

준비 기간 중에는 무대장치만 만들었기에 지금 여기서 그의 연기를 처음 봤다.

운동도 잘하고 연기도 잘하는 데다가 잘생긴 얼굴까지. 너무 대단해서 무서울 지경이네.

"그나저나 나나세가 늦네."

아야세를 양호실로 데려간 이후 나나세가 아직 돌아오지

않았다.

양호실에서 아야세에게서 줄리엣 의상을 받아 갈아입는다고 했으니 시간이 걸릴지도 모르겠지만.

"아직 괜찮겠지?"

연극 진행을 확인하며 마음속 불안감을 떨쳐내려는 듯이 중얼거렸다.

그렇게 연극은 순조롭게 진행됐다.

아쿠츠는 계속해서 로미오를 훌륭히 연기했다.

덕분에 관객의 반응도 좋으니 이제 나나세가 와주기만 하면 완벽한데…….

"……아직도 안 오잖아."

지금 막 줄리엣이 등장하기 직전의 장면을 맞이했다.

그런데 나나세는 아직 오지 않았다.

정말 괜찮을까?

만약 오지 않으면 줄리엣 없는 「로미오와 줄리엣」이 될 텐데.

"야, 나나세가 안 오잖아."

"어떡하지? 이대로 가면 큰일인데."

"설마 도망친 건 아니겠지?"

무대 뒤에 있던 반 아이들 사이에 불안감이 퍼지기 시작했다.

좋지 않은 흐름이다. 누군가가 반 아이들을 진정시켜야 한다.

그러나 이런 일에 어울리는 나나세와 아야세는 양호실, 아쿠츠는 무대 위다.

안타깝게도 이 자리에는 그럴 수 있는 사람이 없다.

그러나 이대로 반 아이들을 내버려 둘 수도 없고…….

"……내가 할 수밖에 없지."

나나세가 있으면 분명 반 아이들을 잘 안심시켰을 것이다.

그렇다면 나도…….

"좋아."

나는 마음을 진정시키기 위해 중얼거렸다.

그리고 살짝 숨을 들이마시고서.

"다들 들……."

"기다리게 해서 미안~!"

그 순간, 나나세가 서둘러 등장했다.

그녀가 온 순간 주위에 안도하는 분위기가 감돌았다.

갑자기 나타나 깜짝 놀랐지만.

……하지만 다행이네. 늦지 않아서.

"어서 와, 나나세."

"다녀왔어, 키리타니."

돌아온 나나세는 방금까지 아야세가 입던 아름다운 드레스를 입고 있었다.

평소엔 떠들썩한 그녀가 이런 기품 넘치는 옷을 입으니 좋은 의미로 이색적이라 솔직히 넋을 잃을 정도로 어울렸다.

"어때? 예뻐?"

"어…… 으, 응. 예쁜 것 같아."

"아, 얼굴 빨개졌다~."

"아, 아무렴 어때! 애초에 네가 말하게 한 거잖아!"

다급히 답하자 나나세는 즐겁게 웃었다.

이렇게 여유가 없을 때까지 놀리지 좀 말았으면 좋겠는데 말이지.

"그보다 이제 곧 나갈 차례야."

"응, 알고 있어."

그때, 나나세가 진지한 표정으로 바뀌었다.

마치 어떤 스위치가 켜진 것 같았다.

지금 무대는 아쿠츠와 다른 학생들이 연기하는 장면이 끝나고 암전했다.

그 사이에 다음 장면에 맞춰 배경을 바꾸자 다시 무대에 조명이 들어왔다. 무대 위에 나타난 것은 캐플릿 부인 역과 유모 역의 여학생들.

그녀들의 대화하는 도중에 드디어 줄리엣이 나타난다.

"나나세, 저…… 잘해."

"응! 잘하고 올게!"

응원하자 나나세는 이쪽을 향해 손을 흔들어주었다.

유모 역의 여학생이 줄리엣을 부르자 나나세가 무대로 나갔다.

"어머, 무슨 일이에요? 무슨 일로 불렀어요?"

나나세는 대사를 말하며 우아하게 등장했다.

그 행동은 정말로 명문가에서 태어난 아가씨 같았다.

그 후에도 나나세는 다른 학생과는 확연히 다른 연기를 선보이며 무사히 첫 번째 장면을 마쳤다.

"나나세, 어서 와."

"다녀왔어, 키리타니…… 아, 이 말은 아까도 했잖아."

나나세가 웃으며 그렇게 말했다.

"키리타니, 내 연기 보고 반했어?"

"갑자기 뭐야? 뭐, 반했지만."

"어? 뭔가 잘 받아주네."

"딱히 받아준 건 아니었는데."

나는 은근히 훨씬 전부터 나나세의 연기에 반했다.

그녀의 연기에는 연기를 좋아한다는 마음이 넘치기 때문에.

나는 아직 그런 식으로 좋아하는 것이 없어서 나나세의 연기를 보면 솔직히 존경하게 된다.

"어쨌든 다음 장면도 힘내."

"맡겨줘! 키리타니가 더 반하게 해줄게!"

나나세는 농담처럼 말하며 한쪽 눈을 찡긋 감으며 귀엽게 윙크했다.

그 이후 다시 줄리엣 차례가 되자 나나세는 무대로 향했다.

연기가 끝나면 다시 무대 뒤로.

그런 식으로 나나세는 순조롭게 줄리엣을 연기했다.

“오, 로미오! 로미오! 당신은 어째서 로미오인가요?”

발코니에서 줄리엣이 로미오와의 운명을 한탄하는 명장면.

객석 곳곳까지 울리는 그 목소리와 압도적인 연기력에 보는 사람들을 매료시켰다.

나나세의 연기에는 사람의 마음을 움직이는 힘이 있다고 다시금 생각하게 됐다.

역시 그녀가 진정 연기를 좋아하기에 그럴 수 있을 것이다.

“부럽네…….”

또 나도 모르게 목소리가 나오고 말았다.

나도 저렇게 될 수 있으면 좋겠는데.

그때 나는 어째서인지 진심으로 그렇게 생각했다.

◇◇◇

아야세가 다친 사고 이후 우리의 연극은 문제없이 진행됐다.

아마 이대로 끝을 맞이하리라고 모두가 그렇게 생각했다.

그러나 안타깝게도 이야기의 종반에서 사건이 벌어졌다.

"아야!"

무대가 암전되고 무대 뒤로 돌아온 아쿠츠가 갑자기 소리를 내며 쓰러졌다.

그는 아까의 아야세와 마찬가지로 다리를 붙잡고 있었다.

분명 아야세를 구하려 할 때 그녀와 마찬가지로 다리를 다쳤을 것이다.

"아쿠츠!"

나나세가 다급히 아쿠츠에게 다가갔다.

"괜찮아?!"

"시끄럽네. 이 정도는 아무렇지도 않아."

그렇게 말하면서도 아쿠츠는 일어나지 못했다.

아무래도 지금까지는 고통을 참으며 억지로 연기한 모양이다.

하지만 이제는 한계를 맞이한 모양이다.

그런 아쿠츠를 걱정하는 친구들, 타카하시와 스즈키, 타치바나가 다가왔다.

"뭐가 괜찮다는 거야!"

"맞아, 무리하지 마."

"응. 무리하는 건…… 좋지 않아."

세 사람이 불안한 표정으로 저마다 아쿠츠에게 말했다.

이렇게 보면 이러니저러니 해도 아쿠츠는 신뢰받고 있구나.

"그럴 수는 없잖아. 이제 곧 나갈 차례가 됐으니까."

아쿠츠는 다시 일어나려 했지만 역시 다시 주저앉고 말았다.

"아쿠츠, 다른 사람하고 역할을 바꾸자."

그렇게 말한 사람은 나나세였다.

"웃기지 마. 그럴 리가 없잖아."

"하지만 이대로는 연극이 중지될 거야. 그래도 괜찮아?"

"큭, 그건……."

진지하게 묻는 나나세에게 아쿠츠는 말을 잇지 못했다.

아무리 그라도 고등학교 생활 최후의 연극을 중지하고 싶지는 않은 모양이다.

"……하지만 누가 날 대신한다는 거야."

"그건 사키 때처럼 모두에게 물어볼 수밖에 없지."

나나세는 그렇게 답한 뒤 반 아이들이 있는 쪽을 돌아보았다.

"여기 아쿠츠 대신 로미오를 연기할 사람 있어?"

나나세가 물었지만 아무도 나서지 않았다.

갑자기 그런 말을 들어도 나나세처럼 하겠다고 나서지는 않겠지.

"이제 이야기 종반이고, 로미오가 등장하는 건 이제 한 장면밖에 없어. 대사도 그렇게 많지 않아. 다음 장면은 나도 있으니까 대사를 잊어도 잘 커버할게."

나나세가 로미오 역할을 대신 맡아줄 학생을 찾았지만 역시 아무도 하려고 하지 않았다.

이대로 머뭇거리면 로미오가 나갈 차례가 온다.

"……."

이전의 나라면 절대로 이럴 때 나서지 않을 것이다.

하지만 나나세와 만나고 자신답게 있으려는 그녀의 모습을 보고 동경하게 됐다.

이럴 때 나나세라면 여자인데도 로미오 역을 맡으려 나서겠지.

그럼 나도 힘내보고 싶다.

그렇게 하면…… 조금이라도 나나세에게 가까워질지도 모르니까.

"저…… 로미오 역은 내가 맡을게."

손을 들고 말하자 반 아이들의 시선이 일제히 내게 몰려들었다.

게다가 전원이 「네가?!」라고 말하는 얼굴이었다.

"네가 로미오를 맡을 수 있겠어?"

결국 아쿠츠가 직접 그렇게 물었다.

"그, 그게, 저……."

어째서 대신 하겠다고 말했을 뿐인데 노려보는 거야.

이쪽은 연극이 중지되지 않도록 하려는 것뿐인데…….

"괜찮아, 아쿠츠. 키리타니라면 괜찮을 거야."

나나세는 내 편을 들어주었다.

"키리타니는 로미오 대사를 나름대로 외우고 있을 테니까."

"뭐? 어째서?"

"실은 내가 줄리엣 역 오디션을 보기로 했을 때 키리타니가 로미오 역을 맡아 연습을 도와줬거든."

그러니까 괜찮다고 나나세가 아쿠츠에게 말했다.

뒤이어 아쿠츠는 의심하듯 나를 빤히 바라보았다.

얼굴이 가까워 무섭다고…….

"……알았어. 그럼 부탁한다, 키리시마."

"키리타니라고……."

이 녀석 분명 일부러 틀리는 거다.

아까 나나세가 내 이름을 부른 걸 분명 들었을 텐데.

그 이후 나는 무대 뒤 구석에서 서둘러 아쿠츠와 옷을 바꿔 로미오 의상을 입었다.

사이즈는 조금 크지만 그렇게 신경 쓸 정도는 아니니 문제없을 것이다.

준비가 끝나고 이제는 무대에 오를 뿐이다.

"키리타니라면 로미오 역을 맡아줄 거라고 생각했어."

그때 나나세가 말을 걸었다.

"어째서? 내가 나나세의 연습을 도와 로미오를 연기했으니까?"

"그것도 있지만 어쩐지 지금의 너라면 해줄 것 같았거든."

"……그래."

나는 나나세의 말이 무척 기뻤다.

그녀에게 조금이지만 인정받은 기분이었다.

"그럼 관객을 기다리게 할 수 없으니 이만 가볼까."

나나세가 무대를 본 뒤 나를 안심시키려는 듯이 생긋 웃었다.

아까부터 무대는 암전된 상태다.

관객에게는 이미 내레이션으로 사고가 발생해 연극을 잠시 중단했다고 알렸다.

"그럼 같이 열심히 하자! 대사 실수하면 내가 어떻게든 할게!"

"어떻게든이라니?"

"키리타니 대신 내가 대사를 말하지 뭐."

"그럼 연극이 엉망이 될 것 같은데……."

하지만 나나세라면 정말로 그럴 것 같다.

그녀는 과감한 행동을 하지만 그것은 대부분 누군가를 돕기 위해서니까.

"괜찮아, 대사는 잘 기억하고 있어."

"정말? 그럼 안심이네."

"응, 그러니까 가자."

나는 나나세와 함께 무대로 나갔다.

그리고 서로 정해진 위치에 서자 얼마 후 조명이 켜졌다.

"……!"

밝아진 순간 눈앞 객석에 앉은 수많은 관객이 보였다.

그 순간, 내 안에서 긴장감이 폭발했다.

지금까지 이렇게 많은 사람 앞에서 뭔가를 해본 경험이 없었기 때문이다.

솔직히 실수할 경우를 떠올리면 상당히 무섭다.

하지만 이전의 나라면 이 순간에 로미오 역으로 무대에 설 일이 없었을 것이다.

그렇게 생각하니 긴장하기는 했지만 그보다 열심히 해보자는 마음이 더 강해졌다.

"……후우."

마음을 진정시키기 위해 나는 아주 살짝 숨을 내쉬었다.

지금은 캐플릿 가문의 묘지에서 로미오가 가사 상태가 된 줄리엣이 진짜로 죽었다고 생각해 독약을 먹고 자살하는 장면.

나는 지면에 무릎을 꿇으며 누운 나나세를 안았다.

이 장면에서는 줄리엣의 대사가 없다.

그러니 시작부터 내 차례다.

“오, 사랑하는 줄리엣. 당신은 왜 아직 이렇게나 아름다운 거요.”

내 연기는 분명 평범하거나 그 이하일 것이다.

나나세는 물론 아쿠츠보다도 훨씬 밑이다.

그러나 지금까지 느껴본 적 없는 고양감이 들었다.

그리고 나는 길게 이어지는 대사를 틀리지 않고 계속 이어 나갔다.

그러는 도중 처음에 느꼈던 긴장도 서서히 옅어져 조금은 편해졌다.

어쩌면 나나세도 연기할 때 이런 느낌인 걸까.

그리고.

“자, 내가 사랑하는 사람을 위해!”

마지막 대사까지 전부 한 뒤 나는 독약을 마시려 했다.

독약이라 해도 가짜지만…….

이걸로 로미오는 죽고 내 차례도 끝난다.

다행이다…… 어떻게든 해냈다.

그렇게 안도한 순간이었다.

“로미오…….”

무려 내게 안겼던 줄리엣, 다시 말해 나나세가 일어났다.

……어? 뭐 하는 거야?

"로미오! 로미오군요!"

나나세는 내 두 손을 쥐고서 감동한 연기를 했다.

그에 나는 당황했다.

이렇게 나올 거라는 건 말 안 해줬잖아?!

"주, 줄리엣. 줄리엣이오? 설마 살아 있었다니!"

일단 그럴듯하게 연기했지만 말을 더듬었고 말투도 이상해서 여러모로 엉망이 됐다.

"자, 로미오! 저와 함께 멀리 도망쳐요! 캐플릿도 몬태규도 없는 어딘가 먼 곳으로! 그리고 둘이서 행복해져요!"

그리고 나나세가 일어나 내게 손을 내밀었다.

갑작스러운 애드리브에 놀리기만 한 나.

그러나 지금 그녀가 하는 연기에 빠져들어 자연스럽게 이런 대사를 말했다.

"그래! 그렇게 하지! 둘이서 행복해집시다!"

내가 답하자 나나세는 기쁜 표정을 보여주었다.

어, 어떻게든 넘어갔나……?

그렇게 안도한 것도 잠시.

"그럼 저와 맹세의 포즈를 해주시겠어요?"

나나세가 새로운 대사를 말했다.

응? 맹세의 포즈라는 건 또 뭐야?!

"매, 맹세의 포즈……?"

"네! 이게 맹세의 포즈예요!"

나나세는 왼손을 브이 사인처럼 하고 머리의 앞쪽에, 오른손을 오케이 사인처럼 하고 머리 뒤쪽에…… 전에 그 알 수 없는 포즈였다.

그러고 보니 이 포즈를 로미오와 줄리엣에 넣고 싶다고 했었지.

진짜로 그 포즈를 끼워 넣다니.

"둘이서 행복해지기 위해서예요! 자, 빨리!"

알 수 없는 포즈를 한 채 나나세가 재촉했다.

내게 그걸 하라는 건가. 게다가 이런 연극 도중에.

힐끔 객석을 보니 관객이 다들 이게 뭔가 하는 표정이었다.

솔직히 전혀 하고 싶지 않지만…… 연극을 진행하기 위해선 할 수밖에 없어!

그렇게 결심한 후, 나는 과감히 알 수 없는 포즈를 했다.

"그거예요, 로미오! 이걸로 둘이서 행복해질 수 있어요!"

나나세는 알 수 없는 포즈를 유지한 채 내 포즈를 보고서 당장에라도 눈물을 터뜨릴 것 같은 연기를 했다. 아니, 영문을 모르겠다고…….

그리고 어째서인지 객석에서 박수 소리까지 들리는데…… 정말 엉망진창이다.

"그럼 로미오! 저와 함께 가요!"

그러자 나나세가 웃는 얼굴로 내게 손을 내밀었다.

그 미소는 즐거웠지? 하고 말하는 것만 같았다.

그런 그녀를 본 나도 웃음이 나왔다.

"그럼 갑시다, 줄리엣!"

그렇게 나는 나나세의 손을 잡고 그대로 퇴장했다.

"줄리엣이 눈을 떴어." "엄청난 전개네." "설마 이렇게 끝날 줄이야." "로미오가 죽으면 불쌍하니까." "재밌어서 좋네." "그보다 마지막 포즈는 뭐였지?" "그 포즈, 귀엽더라."

원작과 전혀 다른 전개에 회장이 떠들썩해졌다.

그렇게 무대 뒤로 돌아가니 반 아이들의 얼굴이 창백해져 있었다.

그런 그들을 보고서 살짝 웃음이 나온 나는 분명 적지 않게 나나세의 영향을 받았을 것이다.

살짝 옆을 보니 나나세도 마찬가지로 웃고 있었다.

그 후 나나세의 굉장한 애드리브 탓에 갑작스럽게 줄리엣이 단검으로 자살하는 장면이 사라지는 등 많은 일이 있었지만 어떻게든 연극이 끝날 때까지 진행할 수 있었다.

덕분에 결국 우리의 「로미오와 줄리엣」은 엉망진창이 됐지만, 비극이 아닌 희극으로 끝났다.

◇◇◇

"왜 그런 거야?"

무대 뒤. 커튼콜을 준비하는 동안.

나는 나나세에게 물었다.

"전에 말했잖아. 배드 엔딩은 싫다고."

"아니, 아무리 그래도 공연 중에 갑자기 그러지는 않잖아."

일단 끝을 냈으니 다행이지만 자칫 잘못됐으면 대참사가 벌어졌으리라.

그런데 반 아이들은 관객의 반응이 무척 좋았다며 나나세를 탓하지 않았고, 오히려 나나세 덕분에 최고의 연극이 됐다고 말하는 학생도 있었다.

"왜냐하면 해피 엔딩이 더 재밌을 테니까!"

나나세는 환한 미소를 보여주었다.

재밌을 것이라 생각해서 「로미오와 줄리엣」의 결말을 비극에서 희극으로 바꿨다.

정말 나나세다웠다.

그리고 나는 이런저런 불만을 늘어놓았지만 실제로는 그런 행동을 한 그녀를 역시 부럽다고 느끼는 동시에 나라면 도저히 할 수 없으리라고 생각했다.

"근데 그 오리지널 포즈? 그걸 연극에 넣은 건 좀 그랬던 것 같은데."

"헤헤, 재밌었지?"

나나세는 장난스럽게 웃었다.

치사한 반응을 하네…….

"야, 키리타니."

갑자기 이름이 불렸다. 아쿠츠다. 이번에야말로 제대로 된 이름으로 불러주었다.

그런데 오히려 무섭네. 어쩐지 노려보는 것 같기도 하고.

"……왜?"

뭐라 할까 싶어 조심스럽게 물어본 나.

그러나 아쿠츠는 조금 멋쩍은 듯이 머리를 긁적이며 입을 열었다.

"저, 로미오 역을 맡아줘서 고맙다. 몇 번인가 널 놀렸던 것 같은데…… 그땐 미안했다."

"어, 아, 응."

그 아쿠츠가 사과했다. 갑자기 무슨 바람이 분 거지?

로미오 역을 대신 맡은 게 그렇게 큰일이었나?

"그리고 나나세도 지금까지 미안했어."

"전혀 신경 안 써. 그보다 언제든 덤벼도 돼."

"후, 그러냐. 그럼 그렇게 하지."

나나세의 보란 듯한 도발에 아쿠츠는 미소를 지으며 답했다.

그 후 아쿠츠는 평소의 친구들이 있는 곳으로 돌아갔다.

거기엔 목발을 짚은 아야세도 있었다.
아직 병원엔 가지 않았고, 커튼콜에 나간 뒤에 갈 예정이라고 한다.
"키리타니, 이제 시작한다."
나나세가 그렇게 말했다.
슬슬 커튼콜 시간이 된 모양이다.
"자, 가자! 키리타니!"
"응, 갈게."
나는 나나세가 불러서 반 아이들과 함께 무대 위로 올랐다.
그러자 무대의 앞, 수많은 관객이 일어서 맞이해주었다.
"재밌었어~!" "마지막은 깜짝 놀랐어!" "좋은 로미오와 줄리엣이었어!" "그런 로미오와 줄리엣은 처음 봤다!" "나도 그 포즈 해보고 싶어!" "한 번 더 보고 싶네!"
그런 식으로 관객이 계속해서 칭찬을 보내주었다.
그 광경에 내 가슴이 지금껏 살아오면서 제일 뜨거워졌다.
"커튼콜, 좋네."
옆에 있는 나나세가 그렇게 중얼거렸다.
그런가. 그녀는 극단에 있으니 항상 이걸 경험하는구나.
그리고 이번 커튼콜의 이 성원도 대부분 나나세가 만들어낸 것.
물론 반 아이들이 힘을 합쳐 노력한 것도 있지만 그녀가 「로미오와 줄리엣」의 결말을 바꿨기 때문에 관객이 감동했을 것이다.

"역시 나나세는 굉장하네."

나는 관객들에게 손을 흔들며 중얼거렸다.

"응? 지금 뭐라고 했어?"

나나세가 시선을 객석에 보내며 물었다.

아까 했던 말을 다시 할까 생각했지만, 그보다 나는 그녀에게 한가지 전하고 싶은 일이 있었다.

"저기, 나나세."

"왜? 키리타니."

그녀가 이쪽을 힐끔 보았다.

그리고 나는.

"나는 꿈을 갖고 싶어."

이렇게 성원을 받으며 나도 나나세처럼 누군가에게 감동을 줄 수 있는 존재가 되고 싶다고, 진심으로 그렇게 생각했다.

그리고 그런 자신이 되기 위해 꿈을 갖고 싶어졌다.

"그렇구나."

그렇게 말했을 뿐이지만, 나나세는 기쁘게 웃고 있었다.

◇◇◇

세이란제가 끝나고 일주일이 지났다. 이제 슬슬 여름방학을 맞이할 무렵.

나는 자신의 꿈에 관해 생각했다.

어떤 꿈이 좋을까. 장래에 어떤 일을 하고 싶은가.

나는 무엇을 좋아하는가. 내게 맞는 일이란 무엇인가.

이것저것 생각해봤지만 쉽게 떠오르지 않았다.

"……하아, 어떡한다."

조회 시간 전. 교실에서 자리에 앉은 나는 한숨과 함께 중얼거렸다.

꿈은 그리 간단히 정하는 것이 아니라는 걸 알고 있지만 이대로는 평생 꿈이 없을 것만 같다.

애초에 지금까지 지루한 인생을 살아왔으니 자신이 좋아하는 일을 진지하게 생각한 적이 없었고, 내게는 꿈으로 이어질 만한 것이 아무것도 없다.

"왜 그렇게 표정이 어두워?"

갑자기 나나세가 말을 걸며 내 얼굴을 들여다보았다.

그러자 그녀의 단정한 얼굴이 코앞까지 다가왔다.

"으앗?!"

깜짝 놀란 나는 바로 그녀에게서 거리를 두었다.

"뭐야, 너무하네. 내가 그렇게 싫어?"

"그런 게 아니라 갑자기 나타나면 누구든 깜짝 놀란다고."

덕분에 심장도 아까부터 유난을 떠는 중이다.

"아무리 그래도 그렇게 반응하면 충격인데."

나나세는 눈을 가리며 훌쩍훌쩍 우는 흉내를 냈다.

"그래서, 왜 그렇게 표정이 어두워?"

"……딱히 어둡지 않은데."

나는 고개를 돌리며 답했다.

꿈에 대해서 나나세에게 상담하는 것도 방법이지만, 그러고 싶지 않았다.

자신의 꿈 정도는 스스로 찾고 싶으니까.

"뭐라고~ 누가 봐도 어두운 표정이었어."

"아니야."

계속 부정해봐도 나나세는 전혀 수긍하지 않았다.

……주제를 바꿀 수밖에 없겠네.

"그러고 보니 요즘에 아야세하고는 부딪히는 일이 없게 됐네."

"응, 사키도 아쿠츠도 내게 참견하는 일이 없어졌으니까~."

나나세는 기쁜 듯이 말했다.

세이란제 이후 아야세 일행과 나나세가 다투는 일은 일절 없어졌다.

오히려 아야세가 가끔 나나세에게 말을 걸거나 담소를 나누기도 했다.

"분명 세이란제에서 아야세 대신 나나세가 줄리엣을 연기했기 때문일 거야."

"뭐, 그럴지도 모르지. ……하지만 그렇게 말하자면 키리타니도 아쿠츠 대신 로미오를 연기했잖아? 그 이후 아쿠츠하고 친해졌어?"

"어? 뭐, 응……."

세이란제가 끝난 뒤 아쿠츠가 나를 노려보는 일은 없어지고 가끔 인사도 하게 됐다.

하지만 이야기를 주고받은 적이 없으니 친해졌는지 묻는다면 미묘한 수준이다.

그러나 나는 아쿠츠와는 이 정도의 거리감이 적당하다고 생각하고 상대도 아마 그렇게 여길 것이다.

"키리타니, 그래서 말이지."

"응? 뭔데?"

"아까는 왜 표정이 어두웠어?"

"또 그거?!"

뭔가 걸렸는지 나나세는 다시 아까와 같은 질문을 했다.

하지만 나는 표정이 어둡지 않았다, 아무것도 아니다, 라고 끝까지 주장했다.

앤 왜 이렇게 감이 좋은 거야?!

◇◇◇

"으앗!"

2교시 체육 수업. 슈이치의 반과 축구를 했다.

나는 미니 게임에 참가했는데, 패스받은 공을 힘껏 차려다 삐끗해서 그대로 뒤로 크게 넘어졌다.

"아야, 허리 부딪혔네……."

"카케루, 괜찮냐?"

혼자 허리를 붙잡고 있으니 위에서 산뜻한 목소리가 들렸다. 올려다보니 체육복을 입은 슈이치가 내게 손을 내밀고 있었다.

그는 상대 팀 멤버다.

"고마워."

"천만에."

그런 대화를 나눈 뒤 슈이치의 손을 잡고 몸을 일으켰다.

"공부도 운동도 뭐든 무난한 카케루가 헛발질이라니, 어쩐 일이래?"

"잠깐, 그 뭐든 무난하다는 건 뭐야. 놀리는 거잖아."

"아니, 최고의 칭찬이잖아."

그렇게 말하는 것치고는 슈이치가 히죽이고 있다. 역시 놀리는 거잖아.

그런 별것 아닌 대화를 나누다 보니 시합 종료 호루라기가 울렸다.
우리 팀의 대패였다.

시합이 끝나고 나와 슈이치의 팀은 휴식 시간을 맞이했다.
이번엔 다른 팀이 시합하기에 둘이서 운동장 벤치에 앉았다.
"그래서, 무슨 일이 있었어?"
옆에서 슈이치가 물었다.
"왜 그런 걸 물어?"
"시합 중에 계속 상태가 이상했거든."
"그래? 딱히 그러지 않았던 것 같은데."
"그랬거든. 훤히 알겠더라."
슈이치는 그렇게 단언하고는 계속해서 물었다.
"고민이라도 있어?"
그 질문에 나는 어떻게 대답해야 좋을지 망설였다.
꿈에 관해 망설인다는 것은 되도록 타인에게 이야기하고 싶지 않다.
그러나 이대로 혼자 생각하면 꿈을 찾을 수 있을까?
망설인 끝에 나는 슈이치에게 질문 하나를 했다.
"갑자기 미안한데, 슈이치는 꿈이 있어?"
"진짜 갑작스럽네. 게다가 꿈이라니……."
슈이치는 조금 당황한 표정을 떠올렸다.

시험 삼아 다른 사람의 꿈을 물어보자. 어쩌면 참고가 될지도 모르니까.

그런 생각을 하며 답변을 기다렸더니 돌아온 것은 의외의 답이었다.

"딱히 꿈이라 말할 수 있는 건 없네. 생각해 본 적도 없어."

"그래?"

"응. 어렸을 땐 축구 선수가 되고 싶었지만, 그건 어렸을 때니까 생각할 수 있는 꿈이잖아? 고등학생이 되어서 명확한 꿈을 가진 녀석은 거의 없을 거라고."

슈이치는 담담하게 말했다.

확실히 그의 말이 옳을지도 모른다.

나는 최근 몇 개월 동안 나나세와 함께 있는 일이 많아 그녀를 가까이서 보게 되다 보니 누구나 꿈을 갖고 있으리라고 생각했었다.

생각해보면 나나세처럼 할리우드 배우가 되고 싶다는 꿈을 품고 그걸 위해 극단에 들어가 연기를 하는 등 적극적으로 행동하는 고등학생은 그리 많지 않을 것이다.

"그러니 대부분 평범하게 대학에 가서 평범하게 취직하는 거야. 나도 그럴 테고."

"……그러게."

슈이치의 말은 이해한다.

얼마 전까지만 해도 나도 그와 똑같은 생각을 했으니까.

하지만 나나세를 알게 된 나는 그게 무척 아까운 것 같았다.

가슴에 품은 꿈을 향해 인생을 나아가는 모습은 정말 아름다우니까.

"……!"

그때 나는 어떤 사실을 깨달았다.

고등학생의 대부분이 꿈이 없이 평범하게 인생을 걷는다면.

그렇게 되지 않도록, 내가 도와주면 되지 않을까.

이전의 나도 그 대부분에 속했었다.

그렇기에 꿈을 지니지 못한 대부분의 고등학생을 도와줄 수 있을 것이다.

"……그런가."

"응? 왜 그래?"

"슈이치, 고마워."

"아니, 진짜로 왜 그러는데?"

머리가 이상하게 된 것 아닌가 하는 톤으로 물어보는 슈이치.

"네 덕분에 고민이 해결됐어."

"진짜? 뭐, 그렇다면 다행인데."

"이걸로 다음 시합은 해트트릭에 성공할 것 같아."

"아니, 그건 무리겠지."

슈이치는 고개를 저었지만 나는 그만큼 기분이 고조됐다.

그리고 다음 시합.

시작하고 10초 만에 상대 팀이 찬 볼에 얼굴에 맞은 나는 그대로 교체되었다. ……두 번 다시 축구 안 해.

◇◇◇

"이 대사를 할 때는 더 크게 연기하는 편이 좋을지도 모르겠네."

점심시간. 구교사의 빈 교실에서 나는 점심을 먹었다.

옆에서는 나나세가 「유나기」에서 다음에 공연할 연극의 대본을 체크하고 있었다.

줄리엣 오디션 후, 나는 나나세의 연기 연습을 도와주지 않았다.

오디션이 끝난 시점에서 연습은 필요 없어졌고, 「유나기」 공연의 연기 연습에는 꽤 오래전부터 도와주지 않아도 된다는 말을 본인에게서 들었으니까.

그리고 아쿠츠와의 관계가 좋아졌으니 교실에서 점심을 먹어도 괜찮겠지만 나는 여전히 이 빈 교실에서 점심시간을 보냈다.

이유는 단순히 나나세와 보내는 시간이 즐거우니까.

그리고 오늘은 그녀에게 알릴 일이 있다.

"나나세, 잠깐 괜찮을까?"

내가 긴장하며 물어보자.

"응, 괜찮아~."

나나세는 흔쾌히 승낙해주었다.

그리고 그녀는 대본을 책상에 놓았다.

"그래서 나한테 부탁할 거라도 있어?"

"아니, 부탁이 아니라…… 좀 보고하고 싶은 게……."

"보고?"

나나세는 고개를 갸웃했다.

그러나 그녀는 뭔가 떠올랐다는 듯이.

"혹시 체육 시간 때 축구하다 얼굴에 공을 맞은 일?"

"아니야! 그보다 그건 어떻게 알았어?!"

"여자도 운동장에서 체육 수업이었으니까. 우리는 멀리 뛰기였지만."

"……그, 그랬구나."

설마 그런 한심한 모습을 보이다니.

진짜 창피해 죽겠네…….

"아니, 내가 하고 싶었던 보고는 그게 아니야."

"아니야?"

"응, 오히려 왜 그거라고 생각한 거냐고."

나는 한숨과 함께 말했다.

그 후 헛기침을 한 번 한 뒤 나는 다시 그녀에게 이야기했다.

"내가 네게 보고하려는 건, 그…… 내 꿈을 찾았어."

말한 순간 나나세는 입을 떡하니 벌리고 멈춰버렸다.

혹시 듣지 않았던 건가 싶어 걱정하고 있으니.

"키리타니, 축하해!"

갑자기 나나세가 축하해주었다. 거기다 최고로 환한 미소로.

꿈을 찾은 일이 축하받을 정도의 일인지는 모르겠지만 그녀의 말은 솔직히 기뻤다.

"그럼 바로 물어보겠는데, 키리타니의 꿈이 뭐야?"

흥미진진하게 물어보는 나나세.

그녀처럼 성대한 꿈은 아니니까 큰 기대는 말았으면 좋겠는데…….

그리고 나는 내 꿈을 나나세에게 밝혔다.

"나는 고등학교 선생님이 될 거야."

그렇게 말하자 나나세는 조금 놀란 표정을 한 뒤 살짝 미소 지었다.

"고등학교 선생님이라……."

"저, 그게…… 어때?"

"응? 어떠냐니?"

솔직히 나는 이 꿈을 받아들였달까, 나에게 맞는다고 생각한다.

그래서 내게 꿈을 갖고 싶다는 생각이 들게 해준 나나세에게서도 같은 말을 듣고 싶었다.

그러나 그녀는.

"그야 나도 모르지. 이건 키리타니의 꿈이니까."

"어…… 응, 뭐 그렇긴 한데……."

나나세의 말은 틀리지 않았다.

확실히 타인의 꿈을 어떻게 생각하냐고 물어도 그걸 어떻게 알겠어.

하지만 나나세에게서 뭔가 한마디 듣고 싶었다고 생각하며 조금 아쉬워하고 있으니.

"하지만 꿈이 좋은 게 될지 나쁜 게 될지는 앞으로 네가 어떻게 하느냐에 달리지 않았을까?"

나나세는 그렇게 말하며 웃어주었다.

적어도 그녀는 내 꿈을 부정적으로 생각하지 않는 모양이었다.

그것만으로 나는 조금 자신의 꿈에 자신감을 가질 수 있었다.

"근데 왜 선생님이야?"

나나세는 알 수 없다는 듯이 물었다.

"그건 고등학생이 제일 꿈을 포기하고 지내고 있지 않을까 해서."

슈이치의 말을 듣고 생각했다.

고등학생의 대부분은 꿈이 없다.

그러나 그들도 어렸을 때는 꿈을 품고 있었을 것이다.

하지만 조금씩 어른이 되어가면서 현실과 직면하며 그 꿈을 포기한다.

다른 꿈을 품으려 해도 현실과 직면한 다음에는 그렇게 하기 어렵다.

따라서 그들은 꿈을 갖지 못한 채 대학에 진학하고 취직한다.

나는 그런 고등학생을 구하고 싶다.

나나세 덕분에 내가 꿈을 갖고 싶다고 생각한 것처럼, 나도 그들에게 꿈을 갖고 싶다고 생각하도록 도와주고 싶다.

그래서 나는 고등학교 선생님이 되고 싶다.

그런 마음을 나나세에게 전하니.

"정말 훌륭한 이유네!"

"그, 그래?"

"응! 난 그렇게 생각해!"

그 말을 들은 나는 가슴 언저리가 따뜻해졌다.

솔직히 그녀의 꿈은 스케일이 커서 별 볼일 없는 꿈이라는 소리를 들으면 어떡하나 조금 걱정했었으니까.

"그럼 서로 힘내야겠다!"

"그러게. 선생님이 되기 위해선 교대에 가야 하니까 우선 나는 열심히 공부해야지."

"그렇구나……. 힘들겠네."

"너만큼은 아니야. 넌 학교 다니면서 극단 공연에 나가니까."

나보다 나나세가 훨씬 큰일이다.

"저, 키리타니. 실은……."

"응?"

나나세의 말을 들은 내가 되물었다.

그러나 그녀는 말을 멈추고 다음 이야기를 하지 않았다.

"왜 그래?"

신경 쓰인 나는 다시 한번 되물었다.

"아니, 역시 아무것도 아니야."

나나세는 그렇게 말하며 고개를 좌우로 저었다.

왜 그러는 걸까. 딱히 대단한 일이 아닌 걸까.

"그보다 악수할까?!"

"악수? 갑자기 왜?"

"앞으로 서로 힘내자는 의미의 악수! 응?!"

나나세가 두 손을 맞잡고 부탁했다.

"뭐, 그런 거라면……."

"괜찮아? 신난다!"

나나세는 그렇게 말하며 기뻐한 뒤 자신의 희고 아름다

운 손을 내밀었다.

그리고 그녀는 내게 눈을 마주치며 손을 내밀라며 재촉했다.

나는 한숨을 쉬고는 손을 내밀었다.

그러자 나나세는 내 손을 꼭 쥐었다.

그녀의 손은 부드러웠고, 조금 차가웠다.

"나와 키리타니 모두 앞으로 힘내자! 오!"

나나세가 갑자기 그런 말을 꺼냈다.

아니, 뭐야? 갑자기 미리 얘기하지 않은 행동은 하지 말아줘.

"자, 너도 오! 하고 말해야지!"

"어, 아, 알았어."

아무래도 나도 오! 하고 말해야 하는 듯하다.

모처럼 내 꿈을 응원해준다니 말해볼까.

"앞으로 힘내자! 오!"

"오, 오!"

……이게 뭐야. 영문을 모르겠네.

그렇게 당황하고 있으니.

"키리타니, 선생님이 됐으면 좋겠다."

나나세가 응원하며 웃어주었다.

그녀는 항상 중요할 때 내게 용기를 준다.

"나나세야말로. 너라면 분명 할리우드 배우가 될 거야."

나도 그런 식으로 나나세를 응원했다.

나는 진심으로 그녀가 할리우드 배우가 될 거라고 생각한다.

반대로 그녀가 할리우드 배우가 되지 못한다면 누가 될 수 있을까.

그리고 그날 이후 나는 교대 진학을 위해 맹렬히 공부했다.

선생님이 되겠다는 꿈을 이루기 위해.

◇ ◇ ◇

"오빠!"

어느 날 아침. 방 밖에서 모모카의 커다란 목소리가 들렸다.

그것과 비슷하게 커다란 발소리가 점점 가까워지더니 철컥 문이 열렸다.

"오빠! 학교 갈 시간이야! 언제까지 잘…… 없잖아?!"

"안녕, 모모카."

내가 교복을 입고 거울을 보며 매무새를 확인하고 있으니 모모카가 문 부근에서 멍하니 바라보았다.

"왜 그래?"

"그건 내가 할 말이지. 설마 오빠가 이렇게 일찍 일어나다니. 게다가 일주일 동안 연속으로."

"뭐 어때."

"그건 그렇지만 진짜 이상해. 무슨 일 있었어?"

모모카의 질문에 나는 잠시 생각에 잠겼다.

"그러게, 굳이 말하자면 꿈을 찾았어."

"오빠가 아니꼬운 소리를 하기 시작했어. 망가졌나봐."

"망가지긴 누가? 정말 너무하네……."

그렇게 여동생과 대화하는 동안 나는 옷을 다 가다듬었다.

"그럼 오빠는 나갈게. 나갈 때 열쇠 잠근 거 확인하고."

"어? 벌써 학교 갈 거야?"

"응, 아침엔 공부할 거야."

내 말을 들은 모모카는 믿을 수 없다는 듯이 입을 벌렸다.

정말 너무하네, 이 녀석.

나나세에게 꿈을 말해준 이후, 나는 매일 학교에 가게 됐고 공부 시간도 배로 늘렸다.

여름방학이 되면 학원의 여름 특강도 나갈 예정이다.

솔직히 공부는 힘들지만 꿈을 향해 노력한다고 생각하면 괴롭지 않았다.

나나세가 연기 연습할 때도 그런 기분이었을까.

그러고 보니 그녀도 연극에 애쓰는 모양이다.

저번에는 주역을 맡았다고 말했을 정도니까.

나나세도 노력하고 있으니 나도 그 정도는, 아니, 그 이상으로 노력해야지.

둘이서 반드시 꿈을 이루자.

◇◇◇

꿈을 이루기 위해 노력하는 나날이 이어졌다.

아침 일찍 학교에 가서 공부하고, 방과 후에도 돌아와서 바로 공부했다.

연휴 때는 입시 학원에서 온종일 공부.

그런 일상을 보내는 동안 순식간에 여름이 지나고 가을을 맞이했으며, 그 가을도 바로 지나고 겨울을 맞이했다.

수험 당일은 조금 긴장했지만, 시험에 영향이 생길 정도는 아니었다.

지금까지 쌓아온 것을 확실히 발휘한다면 반드시 좋은 결과로 이어질 거라고 믿었으니까.

그리고 나는 무사히 수험을 마치고 이제 합격 발표를 기다릴 뿐이었다.

부모님과 모모카는 발표될 때까지 안절부절못했지만, 나는 신기하게도 차분했다.

반드시 붙을 거라고 생각한 건 아니다.

하지만 후회 없을 정도로 노력했으니 어쩐지 괜찮으리라고 생각했을지도 모른다.

그리고 맞이한 교대 합격 발표 날.

많은 수험생이 모인 곳, 게시판에 합격자의 번호가 발표됐다.

그때 나는 혼자서 순서대로 번호를 확인했다.

그리고 게시판 중앙 부근에 있는 번호를 확인하고 크게 숨을 내쉬었다.

나는 합격했다.

그것을 안 순간, 감동하기보다 먼저 안도했다.

이걸로 꿈에 크게 다가갔구나, 하고.

합격 후에는 대학이 집에서 다닐 수 없는 곳이어서 자취할 집을 찾거나 가구를 찾았고, 가끔은 집에서 느긋하게 보냈다.

그렇게 시간이 흘러 우리 3학년은 졸업식을 맞이했다.

제5장 굿바이 선언

3월 초순. 많은 학생의 가족이 참여한 세이란 고등학교의 졸업식이 열렸다.

졸업증 수여식. 교장 선생님의 마지막 훈화. 후배들이 보내주는 졸업가.

그 외에도 많은 행사가 열린 뒤, 우리 3학년은 고등학교를 졸업했다.

졸업생 중에는 우는 학생이 많았다.

우리 반은 의외로 아쿠츠와 아야세가 울었다.

그러나 나는 울기는커녕 당황한 채 졸업식을 마쳤다.

그 이유는 나나세가 졸업식에 오지 않았기 때문이었다.

나나세 레나는 졸업생 중에 유일하게 결석했다.

"다들 더 가까이 붙어~."

교문 앞에서 기념사진을 찍는 졸업생들 사이.

나는 어째서인지 동생을 상대했다.

"오빠! 졸업 축하해~!"

모모카는 스마트폰으로 찰칵찰칵 사진을 찍었다.

"고마워. 근데 너무 찍는 거 아니야?"

"무슨 말이야. 모처럼 오빠가 졸업했으니 기념으로 잔뜩 찍어야지."

"내가 아슬아슬하게 졸업한 것처럼 말하지 말아줄래?"

여름방학 전부터는 진지하게 다녔는데 말이지.

제대로 대학에도 합격했고.

"근데 진짜 다행이야. 만약 오빠가 졸업하지 못하면 나는 부끄러워서 밖을 돌아다닐 수 없었을 거야."

"진짜 가차 없네."

거기다 농담인지 진심인지 알 수 없는 점이 무섭다.

그 이후 모모카는 어딘가로 가버린 부모님을 찾으러 갔다.

아들이 주역인 날인데 부모님들은 어딜 가신 건지.

"어? 아츠시하고 아야세는 같은 대학에 가는구나!"

"그래. 사키는 내가 봐주지 않으면 안 되니까 말이야."

"그건 내가 할 말이야. 아츠시는 내가 없으면 안 되니까."

"너희 부럽다~!"

"응, 부러워."

아야세 일행이 그런 대화를 나눴다.

참고로 아야세와 아쿠츠는 여름방학이 끝날 무렵부터 정식으로 사귀었다.

방금 대화에서 드러난 것처럼 두 사람은 같은 대학에 진학한다고.

그야말로 이상적인 소꿉친구다.

그리고 난 주위를 둘러보았다.

많은 학생과 그 가족이 있었지만 역시 나나세는 보이지 않았다.

"……나나세, 왜 안 온 거야."

졸업식이 시작될 때는 없어도 크게 신경 쓰지 않았다.

그녀라면 뒤늦게 누구보다도 눈에 띄게 등장할 것이 분명하다.

그렇게 생각했으니까.

그러나 졸업식이 시작되고 지금에 이르기까지 나나세는 전혀 모습을 드러내지 않았다.

"마지막이니까 얼굴 좀 보자고."

나는 아직 그녀에게 전하지 않은 말이 하나 있었다.

오늘은 그걸 전하려 했는데.

"야, 카케루!"

갑자기 이름이 불렸다.

시선을 보내니 슈이치가 다급히 이쪽으로 다가왔다.

"슈이치, 졸업 축하해."

"그, 그래, 고맙다. 근데 그게 아니라!"

"그게 아니라니?"

"아까 선생님한테 들었어. 나나세가 졸업식에 오지 않은 이유를."

그 말을 들은 순간 나는 슈이치의 어깨를 덥석 잡았다.

"어떻게 된 건데? 나나세는 어디 있어?"

“치, 침착해, 지금 이야기할 테니.”

“아, 미, 미안.”

내가 슈이치의 어깨에서 손을 떼자 그는 나나세에 관해 이야기했다.

“잘 들어, 카케루. 나나세는 말이지, 그 녀석은 미국에 유학하러 간대.”

“뭐…….”

유학이라니 처음 들었다.

“게다가 오늘 오후 비행기로 떠난대. 무슨 말인지 알겠지?”

“알겠냐고 물어도…….”

“너 바보냐. 지금부터 버스든 뭐든 타서 공항에 가면 늦지 않을지도 모른다는 거잖아!”

“그, 그렇구나!”

“그러니까 빨리 다녀와! 너 졸업식 때 나나세 일로 정신 팔렸으면서.”

“아! 그걸 어떻게 알았어?!”

“그야 친구니까 당연히 알지! 자, 빨리 가!”

“아, 알았어!”

슈이치의 격려로 나는 공항으로 가기로 마음먹었다.

“열심히 하고 와!”

“응! 다녀올게!”

슈이치에게 그렇게 답한 뒤 나는 공항으로 떠나려 했다.

그러나 한 가지 못한 말이 있어서 다시 그가 있는 쪽을 돌아보았다.

"슈이치, 넌 최고의 친구야."

내 말에 슈이치는 놀란 듯이 눈을 크게 떴다.

그리고 온화한 미소를 떠올리며.

"바보냐. 당연하지."

슈이치는 부끄러운 듯이 그렇게 말했다.

"그럼 다녀올게!"

"그래! 다녀와!"

친구와 말을 나눈 뒤 나는 공항을 향해 달렸다.

나나세, 부디 아직 가지 말아줘.

나는 네게 하지 못한 말이 있어.

◆◆◆

"졸업식, 지금쯤이면 끝났으려나."

공항의 보안 검색대 앞쪽 의자에 앉은 나는 그렇게 중얼거렸다.

오늘은 세이란 고등학교의 졸업식이다.

그러나 나는 본격적으로 할리우드 배우라는 꿈을 이루기 위해 전부터 미국에 유학가기로 정했었고, 그쪽에서 오디션의 일정을 잡았기 때문에 늦어도 오늘 비행기로 떠나야만 했다.

"결국 키리타니한테는 알려주지 못했네."

유학 자체는 상당히 전부터 정해졌으니 키리타니에게 말해주려 했다.

그러나 쉽게 말할 타이밍을 잡지 못하고 시간만 보내다 결국 그에게 말할 수 없었다.

키리타니에겐 정말 미안하네…….

"그럼 이제 시간 됐나?"

나는 여행 가방을 한 손에 들고 일어났다.

이제 얼마 후 내가 탈 예정인 비행기의 탑승 시간이다. 원래는 더 빨리 탑승해서 출발해야 하지만, 문제가 발생했다며 탑승 시간이 한 시간 정도 늦춰졌다.

"미국에 가면 지금보다 더 열심히 해야겠지."

나는 홀로 다짐한 뒤 보안 검색대로 이동했다.

그때였다.

"……!"

시선이 느껴져 문뜩 돌아보았다. 그러나 거기에는 수많은 사람이 오갈 뿐이었다.

이상하다. 지금 누가 부른 것 같았는데.

기분 탓인가 싶었던 나는 다시 걸음을 내디뎠다.

"……나나세!"

역시 누가 불렀어!

다시 돌아보니 수많은 사람 속에서 한 사람만이 이쪽을 향해 다가오는 사람을 발견했다. 게다가 그 사람은 내가 잘 아는 사람이었다.

"나나세…… 드디어 찾았다!"

그렇게 말과 함께 숨을 헐떡이고 땀을 뻘뻘 흘리며 나타난 사람은 키리타니였다.

◇ ◇ ◇

학교를 나와 버스와 택시, 전철을 이용해 두 시간 걸려 공항에 도착했다.

교통비는 운 좋게 오늘따라 지갑에 많은 돈을 넣어두었기에 아슬아슬하게 부족하지 않았다.

공항에 도착한 뒤, 나는 일단 미국행 비행기 시간과 탑승구를 확인했다.

그 후로는 정보를 바탕으로 계속해서 나나세를 찾았다.

"나나세! 나나세!"

사람들의 시선도 신경 쓰지 않고 계속해서 이름을 부른 나.

덕분에 주위 사람들로부터 드라마 촬영인가 하는 시선을 받게 됐다.

그러나 나는 여기저기 찾아다니며 이름을 불렀다.

그 결과.

"나나세…… 드디어 찾았다!"

나는 드디어 나나세를 발견했다.

"키리타니, 여긴 어떻게……?"

"유학 간다고 들었어. 미국에 간다며?"

"미안해. 사실은 제대로 말해줄 생각이었는데……."

나나세는 미안한 듯이 고개를 숙이며 어두운 표정으로 말했다.

"아니, 됐어. 확실히 말해줬으면 했지만 지금 이렇게 가기 전에 만났으니까."

그보다 시간이 없다.

떠나기 전에 나는 꼭 나나세에게 전하고 싶은 말이 있다.

"나나세. 네게 꼭 하고 싶은 말이 있는데, 들어줄래?"

"하고 싶은 말?"

나나세는 고개를 갸웃했다.

그러나 내 얼굴을 보고는 중요한 일이라는 걸 알아차렸는지 그녀의 표정이 진지해졌다.

"응, 그래."

나나세의 허락을 받은 나는 마음을 진정시키기 위해 잠시 시간을 들인 뒤 이야기를 시작했다.

"나는 말이지, 네게 감사하고 있어."

나나세와 만나기 전의 나는 보람이 없는 나날이었다.

유급당하지 않을 정도로만 학교를 다녔고, 학교에 나가

지 않은 날은 온종일 게임을 하거나 만화를 읽었다.

딱히 목표가 있었던 것도 아닌, 그저 하루를 소화하는 작업을 반복할 뿐.

그러나 당시의 나는 그래도 괜찮다고 생각했으며, 딱히 바뀔 필요가 없다고 생각했다.

그러나 나나세와 만난 덕분에 내 인생은 문자 그대로 크게 변했다.

처음엔 나나세를 황당한 트러블 메이커라고 생각했다.

그러나 함께 보내는 시간이 길어지며, 분위기에 맞추는 나와는 다르게 어떤 때라도 자신답게 있으려는 그녀의 모습을 보며, 나는 언제부턴가 그 모습에 매료되어 동경하게 됐다.

나나세처럼 되고 싶다고 생각하게 됐다.

그리고 덕분에 나는 꿈을 가질 수 있었다.

꿈을 좇을 노력도 할 수 있었다. 꿈에 다가가는 기쁨도 알게 되었다.

나나세와 만나지 않았더라면 분명 꿈은 물론 아무런 계획도 없이 대학에 진학했을 것이다.

그래서 나는 나나세에게 정말로 고마워하고 있다.

그렇게 내가 말하자.

"아니, 난 그렇게 대단한 걸 하지 않았어. 지금의 키리타니가 될 수 있었던 건 전부 키리타니의 노력 덕분이야."

나나세는 부끄러운 듯이 답했다.
그런 그녀의 뺨이 조금 붉어졌다.
"그래서, 키리타니는 나한테 고맙다는 말을 하려고 여기까지 왔어?"
"그렇긴 한데, 조금 달라."
나나세의 질문에 나는 고개를 좌우로 저었다.
확실히 그녀에게 감사의 마음을 전하고 싶었던 건 사실이지만 내가 진짜로 전하고 싶었던 건 따로 있다.
"……후우."
나는 요동치는 심장을 억누르기 위해 숨을 내쉬었다.
인생에서 처음 하는 행동이니 긴장하게 된 건지도 모른다.
처음에는 나나세를 가까이 가고 싶지 않은 녀석이라고 생각했다. 그리고 자신답게 있으려는 그녀를 부럽게 생각하게 됐다. 그리고 그녀는 내 안에서 동경으로 변했다.
그리고 마지막에는.

"나는, 나나세 레나를……."

나는 거기까지 말하고 멈췄다.
사실은 내 마음을 전하려 했지만, 눈앞에 있는 나나세를 보고서 역시 그만두었다.
여기서 그녀에게 할 말은 그런 게 아닌 것 같았다.

"……왜 그래?"

나나세는 알 수 없다는 표정이었다.

지금부터 그녀는 꿈을 이루기 위해 바다를 건넌다.

그렇다면 내 마음을 전달하는 것보다 더 중요한 일이 있다.

"나나세, 서로 반드시 꿈을 이루자."

"어…… 응! 나는 미국에 가서 반드시 할리우드 배우가 될 거야!"

"나나세라면 분명 할 수 있을 거야! 나도 반드시 선생님이 될게."

그렇게 말한 뒤, 나나세의 앞으로 손을 내밀었다.

그러자 그녀는 아름다운 눈을 깜박이며 조금 놀란 표정을 했다.

그러나 마지막에는 미소를 지으며 내 손을 잡았다.

"놀랐어. 설마 키리타니가 악수를 청하다니."

"마지막 정도는 뭐."

그런 식으로 대화를 나눈 우리는 자연스럽게 웃었다.

"아, 슬슬 시간 됐다. 이만 가야 해."

나나세는 공항에 놓인 시계를 확인한 뒤 그렇게 말했다.

결국 그녀와 헤어질 시간이 온 모양이다.

"잘 가, 나나세."

"응. 잘 있어, 키리타니."

나와 나나세가 마지막으로 나눈 말은 그것뿐이었다.

나나세는 여행 가방을 끌고 보안 검색대를 향해 걸었다.

그런가……. 이제 정말로 나나세는 미국에 가는구나.

공항에 오면서 각오해뒀을 텐데 그녀가 멀리 떠나는 모습을 보니 참을 수 없는 쓸쓸함이 밀려들었다.

조금 더 나나세와 대화하거나 놀러 다니면서 함께 지내고 싶었는데.

욕심부리자면 1학년 때 그녀와 알게 됐다면 좋았을 텐데.

그런 생각을 해도 이제는 늦었지만.

그렇게 후회하던 그때였다.

"키리타니!"

공항 내부에 울려 퍼질 정도로 커다란 목소리로 이름이 불렸다.

고개를 들자 놀랍게도 보안 검색대로 걸어가던 나나세가 여행 가방을 둔 채 이쪽으로 돌아왔다.

"나, 나나세?! 무, 무슨……?!"

순간 내 뺨에 부드러운 감촉이.

나나세가 내 뺨에 부드럽게 키스했다.

처음으로 경험한 이성의 그런 행위에 내 심장이 요동쳤다.

그러나 그녀는 내가 무언가 말하기도 전에 떨어지며.

"키리타니와 보낸 마지막 1년은 정말 즐거웠어! 고마워!"

그런 말을 남긴 나나세는 놓아둔 여행 가방이 있는 쪽으로 돌아갔다.

단번에 너무 많은 일이 벌어져 머릿속이 혼란스러웠다.

하지만…… 나나세가 고맙다고 말했다.

그녀에게도 나와 보낸 1년은 무의미하지 않았다.

그것을 알게 된 것만으로도 안심할 수 있었다. 동시에 역시 나나세가 미국에 가는 건 쓸쓸하다는 생각이 들었다.

"키리타니, 바이바이!"

여행 가방을 든 나나세가 평소처럼 웃으며 손을 흔들었다.

사실은 쓸쓸하지만 고집을 부릴 수는 없다.

그러니 나도 제대로 작별 인사를 전해야 한다.

"바이바이, 나나세."

내가 손을 흔들자 나나세는 만족스러운 듯이 웃으며 다시 보안 검색대로 향했다.

그리고 나나세는 다시 이쪽을 돌아보고는 이번에도 웃는 얼굴로 손을 크게 흔들었다.

"정말이지, 저 녀석은……."

그렇게 말하면서도 나는 다시 나나세에게 손을 흔들었다.

이럴 때 슬픈 기분이 들기 싫으니 일부러 돌아보지 않는 사람도 있지만, 그녀는 다른 듯했다.

헤어질 때도 여러모로 전력으로 작별 인사를 하는 점은 역시나 나나세 레나다웠다.

그렇게 나나세의 모습이 보이지 않게 될 때까지 마중한 뒤, 나는 그녀와는 반대쪽으로 걸었다.

이게 영화나 드라마였다면 언젠가 나나세와 재회할 것이다.

……하지만 나는 어쩐지 그녀와는 두 번 다시 만나지 못할 것 같았다.

이유는 없지만 나는 그렇게 생각했다.

아마 그녀도 똑같이 생각할 것이다.

왜냐하면 마지막에 「또 보자」가 아니라 「바이바이」라고 말했으니까.

어쩌면 착각일지도 모르겠지만 분명 그럴 것이다.

그러니 나는 마지막으로 가슴 속으로만 말하기로 했다.

그녀에게 마지막까지 전하지 못한 말을.

나는 나나세 레나를 좋아했다.

그렇게 나는, 나나세에게 작별을 고했다.

○에필로그

공항에서 나나세에게 작별을 고한 뒤 약 4년 뒤.

나는 지금 꿈을 이루어 선생님이 됐다. 게다가 모교인 세이란 고등학교에서.

교대에 입학한 후에는 대학 시험과 리포트, 교원 채용 시험, 졸업 논문 등 해야 할 일이 많아 고생했지만 어떻게든 졸업해 그토록 바라던 교사가 됐다.

참고로 담당 과목은 일본사.

게다가 나는 작년부터 학급 담임에 임명됐다.

듣자니 학교가 시작되기 직전에 원래 그 반의 담임을 맡을 예정이었던 선생님이 교통사고를 당해 장기 입원하게 됐다고.

그 빈자리를 채우기 위해 어느 반도 맡지 않았던 내가 담임이 됐다.

……그런데 나나세에 관해서는 공항에서 헤어진 이후 아무런 소식도 듣지 못했다.

분명 오디션을 보고 있겠지만 바다 건너 이야기이니 어떻게 됐는지 전혀 알 수 없었다.

그러나 다른 사람도 아니고 나나세다. 고등학교 때와 마찬가지로 노력하고 있을 것이다.

"어디, 이 집인가."

어느 날 방과 후. 나는 지금 우리 반 학생의 집 앞에 있다.

그 학생의 이름은 다나카 켄지.

입학한 뒤로 2개월 동안 학교에 나오지 않고 틀어박힌 학생이다.

다른 선생님들은 괜한 일을 하지 않아도 된다고 말했지만, 교장 선생님께 억지로 부탁해 가정 방문을 허락받았다.

"네, 누구세요?"

인터폰을 누르자 바로 켄지의 어머니인 듯한 사람이 받았다.

참고로 그녀에게도 가정 방문 허락을 받았다.

"실례합니다. 켄지의 담임인 키리타니라고 합니다."

"아…… 네."

그리고 인터폰에서 목소리가 들리지 않게 된 대신 현관문이 열렸다.

"선생님이신가요. 부디 저희 아들을 잘 부탁드려요."

"네, 알겠습니다. 그럼 잠시 켄지와 이야기할 수 있을까요?"

"물론이죠. 잘 부탁드립니다."

그 후 켄지의 어머니의 안내로 2층으로 올라가 켄지의 방 앞에 도착했다.

"그럼 이제 제게 맡겨주세요."

"죄송하지만 부탁드립니다."

켄지의 어머니는 고개를 숙인 뒤 1층으로 내려갔다.

그 후 시험삼아 문이 열리는지 확인했지만, 문은 잠겨 있었다.

뭐, 그렇겠지.

"켄지, 난 네 반 담임인 키리타니 카케루야. 잠깐 이야기 좀 할까?"

문 너머 내가 그렇게 물었다.

그러자.

"시끄러워요. 선생님하고 할 말 없어요."

제대로 대답이 돌아왔다.

다행이다. 아무 반응이 없는 것보다 훨씬 좋다.

"나는 널 억지로 학교에 데려갈 생각은 없어. 다만 조금 이야기하고 싶을 뿐이야. 그러니 이 문 좀 열어줄래?"

"그러니까 선생님하고 할 말 없다니까요!"

켄지가 소리쳤다. 아무래도 그는 선생님과는 대화하고 싶지 않은 모양이다.

"알았어. 그럼 내가 멋대로 이야기할 테니까 너는 거기서 들어줘. 그럼 됐지?"

내 말에 대답이 없었다.

그러나 나는 이야기를 시작했다.

"나도 전에는 너와 비슷한 학생이었어."

나는 고등학교 시절을 이야기했다.

정말 지루한 나날을 보내던 내가 교칙 위반인 흰 파카를 입은 미소녀를 만나 인생이 바뀐 이야기를.

그녀의 말에 의하면 학교에 나오지 않는 것 자체는 나쁜 일이 아니다.

설령 나오지 않는다 해도 자신이 하고 싶은 일이 있는지, 자신답게 살고 있는지, 그것이 중요하다고.

그 말을 하자 켄지에게서 이런 말이 돌아왔다.

"하지만 나는 나답다는 걸 모르겠어요."

"괜찮아."

불안한 목소리의 그를 안심시키려는 듯 말한 뒤 이야기를 이어 나갔다.

"나도 도와줄 테니 같이 너다운 게 뭔지 찾아보자."

그러기 위해 나는 선생님이 됐으니까.

학생이 자신다운 인생을 보낼 수 있게 된다면 무엇이든 할 것이다.

그렇게 생각하니 문이 열렸다.

나타난 것은 머리가 덥수룩하고 꾀죄죄한 옷을 입은 청년이었다.

그가 켄지겠지. 그러나 꾸미면 꽤 잘생겼을 법한 외모였다.

"정말로 찾아줄 건가요?"

켄지가 불안한 듯이 물었다.

"당연하지. 난 네 담임이니까."

나는 자신 있게 대답했다.

그러자 켄지는 살짝 조심스러운 목소리로 말했다.

"저…… 내일도 와주실래요?"

"물론이지."

켄지의 물음에 나는 곧바로 대답했다.

"그럼 이만 가볼게."

현관에서 신발을 신고서 켄지에게 인사했다.

켄지의 어머니는 급한 일이 생겼다며 지금은 집에 없었다.

그의 부모님은 두 분 모두 일하고 계셔서 집을 비울 때가 많다고 한다.

"키리타니 선생님, 하나 물어도 돼요?"

"응? 뭐든 물어봐."

"저…… 아까 말했던 선생님의 인생을 바꾼 흰 파카를 입은 여자는 어떤 사람이에요?"

"응? 그러네, 학교 제일의 문제아에다, 황당한 일만 저지르는 사람이었어."

"네?! 그랬구나…… 그럼 지금은 뭐해요?"

"지금? 지금은……."

켄지의 질문에 나는 말문이 막혔다.

나나세는 지금 무엇을 하고 있을까?

그런 생각을 하고 있으니 갑자기 스마트폰의 벨이 울렸다.

"아, 미안."

사과하며 스마트폰을 확인하니 문자가 도착해 있었다.

보낸 사람은 슈이치. 참고로 그는 지금 시내에서 자신의 식당을 열었다.

문자의 제일 앞에는「긴급」이라고 적혀 있었다.

그것을 보고 무슨 일이 생겼나 싶어 걱정이 든 내가 내용을 확인하자, 문자에는 이걸 보라고 적혀있으며, URL이 달려 있었다.

대체 무슨 일인가 싶었던 나는 URL을 클릭했다.

이동한 페이지는 어떤 인터넷 뉴스였다.

그것은 어떤 여성이 꿈을 이룬 사실을 알리는 기사였다.

"……좋았어."

기뻐진 나는 나도 모르게 주먹을 불끈 쥐었다.

덕분에 옆에 있던 켄지가 이상한 눈으로 바라보았다.

그렇지. 아직 그의 질문에 답하지 않았어.

"켄지, 흰 파카를 입은 여자가 지금 뭐 하는지 물었지?"

"네, 뭐 하는데요?"

흥미진진하게 묻는 켄지.

나는 웃으며 이렇게 답했다.

"할리우드 배우야."

이건 키리타니 카케루가 나나세 레나라는 소녀를 만나 어중간하게 살았던 인생을 자신의(자신다움) 꿈을 찾는 인생으로 물들인…… 그런 이야기다.

■ 작가 후기

처음 뵙겠습니다. 전부터 제 작품을 읽어주신 분은 오랜만입니다. 미즈키 미도리입니다.

이번에 너무나도 유명한 「굿바이 선언」의 소설을 담당하게 되어 큰 영광으로 생각합니다.

이 작품을 간단히 말하자면 어중간한 인생을 보내는 주인공, 키리타니 카케루가 교내 제일의 트러블 메이커인 히로인 나나세 레나를 만나 인생이 크게 바뀌는 그런 내용입니다.

잠깐 여담이지만, 저는 중학생 때 크리스마스이브에 선물을 건넨 직후 여자친구에게 차이고 인생이 크게 달라졌습니다. 어떻게 달라졌는지는 상상에 맡기겠습니다.

참고로 선물은 돌려주지 않았습니다…….

여담은 이쯤하고 이 작품을 읽으시면 「굿바이 선언」의 가사에 담긴 진짜 의미도 알게 되실 테니 그 부분도 조금 신경 쓰며 즐겁게 읽어주셨으면 좋겠습니다.

이 작품을 읽은 후에 「굿바이 선언」을 듣거나 「굿바이 선언」을 들은 후에 이 작품을 읽어주시면 한층 더 깊게 즐기실 수 있을지도 모릅니다.

그럼 마지막으로 감사 인사를 전하겠습니다.

Chinozo 님. 이 작품에 다양한 조언을 해주셔서 감사합니다! 분명 Chinozo 님께서 「굿바이 선언」을 통해 전달하고 싶은 부분이 독자님께도 전해지는 작품이 됐다고 생각합니다.

아루세치카 님. 정말로 귀엽고 훌륭한 일러스트를 그려주셔서 감사합니다! 특히 레나가 너무 귀여웠습니다!

담당 편집자인 M 님. 집필 중에 많은 도움을 주셔서 감사합니다.

M 님의 도움 덕분에 이 작품의 퀄리티가 몇 배로 좋아졌습니다.

출판에 관련된 모든 분, 그리고 무엇보다 이 작품을 선택해주신 독자님께 진심으로 감사 인사 전합니다. 정말로 감사합니다.

그럼 또 어디선가 만날 기회가 있기를 진심으로 바라며…….

■ 역자 후기

안녕하세요. 역자 김덕진입니다.

역자 후기를 읽으시는 독자님이라면 아마도 아시겠지만, 「굿바이 선언」은 일본의 보컬로이드로 제작된 오리지널 곡입니다. 공개되자마자 조회 수가 빠르게 올라가며 많은 분께 사랑받았고 지금은 다양한 리듬 게임, 그리고 이렇게 소설로도 등장하게 됐습니다.

사실 저는 원곡이 아닌 틱톡 챌린지 영상과 모 리듬 게임에서 처음 접했었는데 설마 제가 「굿바이 선언」의 소설을 작업하게 될 줄은 꿈에도 몰랐네요. 어쨌거나 저로서도 이렇게 좋은 작품으로 인사드리게 되어 영광입니다.

그러고 보니 독자님들은 공부나 작업을 하실 때 음악을 듣는 편이신가요? 사실 저는 음악을 잘 듣지 않는 편이었습니다. 그러나 이번에는 원곡을 자주 들어야 한다는 약간의 의무감으로 열심히 들으며 작업했네요. 그래서인지 지루한 줄 모르고 너무나도 즐겁게 작업할 수 있었습니다.

이게 바로 음악의 힘인가 봅니다.

어쨌든 그렇게 열심히 듣다 보니 다양한 버전을 들을 수 있었는데 국내에서도 이 곡을 번안한 커버 곡들이 정말 많더군요. 다들 무척 잘 부르시고 음색이 뛰어나셔서 듣는 제가 다 호강한 느낌이었습니다. 역시 세상에는 노래 잘하시는 분들이 무척 많네요. 정말로 잘 부르신 분들이 많으니 앞서 작가님께서 후기로 남기신 것처럼 독자님들도 시간이 되신다면 이 소설을 읽으시기 전, 그리고 읽으신 후에 많은 분의 다양한 버전을 꼭 들어봐 주셨으면 좋겠습니다.

자, 그럼 짧지만 이렇게 역자 후기를 마칠까 합니다. 개인적으로는 작업이 너무 즐겁고 행복했던 작품이었습니다. 부디 여러분들께도 이 행복한 기운이 잘 전달되어 항상 즐거우셨으면 좋겠고, 이루고자 하시는 일 모두 이루셨으면 좋겠습니다.

그럼 또 어디선가 만날 기회가 있기를 진심으로 바라며…… 감사합니다.

굿바이 선언

1판 1쇄 발행 2023년 3월 10일
1판 5쇄 발행 2024년 10월 11일

지은이_ Midori Mitsuki
감수 기획_ Chinozo
일러스트_ Arusechika
옮긴이_ 김덕진

발행인_ 최원영
본부장_ 장혜경
편집장_ 김승신
편집진행_ 권세라 · 최혁수 · 김경민 · 최정민
편집디자인_ 양우연
국제업무_ 박진해 · 조은지 · 남궁명일
관리 · 영업_ 김민원 · 조은걸

펴낸곳_ (주)디앤씨미디어
등록_ 2002년 4월 25일 제20-260호
주소_ 서울특별시 구로구 디지털로32길 30 코오롱디지털타워빌란트 1301-1308호
전화_ 02-333-2513(대표)
팩시밀리_ 02-333-2514
이메일_ lnovellove@naver.com
L노벨 공식 카페_ http://cafe.naver.com/lnovel11

ISBN 979-11-278-6768-3 03830

값 8,500원

신은 유희에 굶주려있다. 1~4권

사자네 케이 지음 | 토모세 토이로 일러스트 | 김덕진 옮김

한가한 지고의 신들이 만든 궁극의 두뇌 게임 「신들의 놀이」.
오랜 잠에서 깨어난 신이었던 소녀 레셰는 눈을 뜨자마자 이렇게 선언했다.
"이 시대에서 게임을 제일 잘하는 인간을 데려와!"
지명된 사람은 「이 시대 최고의 루키」로 주목받는 소년 페이.
두 사람이 도전하는 「신들의 놀이」는 난이도가 너무 높아 완전 공략한 사람은 제로.
그 이유는, 신들은 변덕쟁이에 불합리하고, 가끔은 이해할 수 없으니까.
그러나 그런 게임이기에 진심으로 즐기지 않으면 아깝다!
여기에 천재 소년과 신이었던 소녀, 그리고 동료들이 펼치는
지고한 신들과의 궁극 두뇌전이 펼쳐진다!

신과 인류의 두뇌전, 드디어 개막!